KB143334

T. S. 엘리엇과
W. B. 예이츠의
걸작 읽기

T. S. 엘리엇과 W. B. 예이츠의 걸작 읽기

시적 이미저리와 사색의 궤적 따라가기

이철희 지음

도서출판 동인

저자의 말

사실 엘리엇(T. S. Eliot)의 『네 사중주』(*Four Quartets*)는 그의 시의 정점이라 할 수 있다. 그러나 이 작품을 감상하기란 결코 쉽지 않다는 것이 국내외 연구자들의 일반적인 견해이다. 그래서 본서는 엘리엇의 『네 사중주』를 중심으로 엮어 보았으며 아울러 예이츠(W. B. Yeats)에 대한 연구도 함께 했다.

본서를 통해 예이츠의 이미지 및 엘리엇의 『네 사중주』에 대한 이해와 감상에 도움이 되었으면 하는 마음 간절하다.

차례

헤라클레이토스의 공간원리와 엘리엇의 『네 사중주』

1. 들어가며

『네 사중주』*Four Quartets*는 엘리엇T. S. Eliot의 철학적 의미가 함축된 대표적 명상 시이다. 일반적으로 엘리엇 작품의 난해성에 대해서는 모두가 인정하듯이1) 『네 사중주』 역시 이 작품만이 담고 있는 철학적 내용으로

1) 엘리엇 작품의 감상에 난해함을 인정하듯 이미 1960년에 스미스(Grover Smith)는 「엘리엇과 익숙해지기」("Getting Used to T. S. Eliot")라는 글을 쓴 바 있다. 이 글에서 그는 엘리엇의 작품 감상을 위한 몇 가지 방법을 소개하고 있다. 그 중 두 가지만 소개하면 첫째는 친숙성(familiarity)이고 둘째는 선배 시인들의 시를 먼저 감상할 것을 권하고 있다. 부연하면 스미스는 엘리엇의 작품에 좀 더 친숙해지면 그가 사용한 풍부한 감성을 우리가 이해할 수 있으며 또한 선배 시인들의 작품을 감상하지 않고 엘리엇의 시를 평가하는 비평가들은 엘리엇 작품에 나타난 결정적인 요소들을 간과하고 있는 것이라 말한다(1-4).

인해 많은 연구자들을 당혹시키고 있다. 그런데 그 철학적 내용의 중심부에는 엘리엇이 정의한 시간 개념이 자리 잡고 있다. 그러므로 『네 사중주』를 감상하기 위한 첫째 조건은 시간개념에 대한 이해가 필수일 것이다. 엘리엇은 "20세기 시인 중에 가장 위대하다는 평가"(Gish 6)에서 알 수 있듯이 그의 『네 사중주』가 발표된 1930년대는 물론 현대에 이르기까지 그 관심이 이어지고 있다. 특히 "『네 사중주』는 엘리엇 시 스타일의 정점"(Raffel 125)인 동시에 "이 작품이 세상에 첫 선을 보인 이후로 시인들의 시 창작방식이 변화되었다"(Dale 재인용 152)고 할 정도이다. 이러한 평가로 유추해 보면 우리는 『네 사중주』가 엘리엇에게 끼친 영향력을 충분히 가늠할 수 있다.[2)]

그러나 『네 사중주』만이 담고 있는 철학적·형이상학적 난해성으로 인해 일반 독자는 물론 전문 연구자들까지도 미궁 속으로 이끌려간다. 이는 『네 사중주』에서 묘사되고 있는 것처럼 "숨바꼭질"(*CPP* 172)을 연상케 한다. 그러므로 이 글은 『네 사중주』를 감상하기 위한 첫 단계로서 엘리엇이 정의한 시간 개념에 초점을 맞추어 보았다. 특히 엘리엇의 시간 논리를 이해하기 위해서는 헤라클레이토스Heraclitus의 공간 내에서의 사물의 이동 원리에 대한 이해가 필수라고 할 수 있다. 그동안 엘리엇의 시간에 대한 연구들이 지속적으로 출현하였으나 헤라클레이토스의 공간

---

2) 물론 『네 사중주』에 대한 평가가 한 가지로 일치되는 것은 아니다. "나름 온전한 걸작", "독특성과 더불어 본질적으로 모방이 불가능한 시", "엘리엇의 천재성에 가장 적합한 시어의 전형", "당대의 시 중에서 가장 위대한 시", "영문학 전통에서 가장 감동적인 작품", "창조적 신학", "아마 우리시대에서 가장 훌륭한 시" 등으로 평가되는가 하면 "엘리엇 초기의 급진적 견해에 대한 변명", "변론으로 인해 손상된 지나친 재담", "시적인 내용이 없는 철학적 추상"(Watkins 재인용 71-72) 등으로 평가되기도 한다.

원리를 집중 조명한 연구는 물론이거니와 이를 『네 사중주』에 실제 적용한 연구 또한 수행되지 않은 것으로 보인다. 다만 『네 사중주』를 연구하는 과정에서 간헐적으로 헤라클레이토스의 이론을 이야기할 뿐이다. 그래서 본 연구의 구성을 제2장은 제3장을 위한 예비 단계로서 헤라클레이토스의 공간 내에서의 사물의 이동원리를 간략하게 살펴보고 제3장에서는 이 원리를 엘리엇의 『네 사중주』에 적용시켜 좀 더 심도 있게 조명하는 것으로 구성하였다.

본 연구로 인해 헤라클레이토스의 공간원리에 대한 이해는 물론 더 나아가 실제 그의 작품에서 어떻게 반영되고 있는가를 살펴본다는 점에 의의가 있을 것이다.

2. 헤라클레이토스의 공간원리

주지하다시피 엘리엇은 『네 사중주』의 제사epigraph로서 헤라클레이토스가 주장한 우주만물의 이동원리를 사용한다. 매우 간단하게 요약되어 있지만 "엘리엇이 헤라클레이토스를 인용한 것은 『네 사중주』를 더욱 감동적이게 한다는 평가"(Beehler 144)에서 보듯 분명 이 작품 전체에 영향을 주고 있음을 알 수 있다. 그러나 문제는 많은 독자들이나 연구자들이 이 제사의 깊은 의미를 간과한 채 『네 사중주』의 첫 서두를 읽고 넘어가는 경향이 있다는 것이다. 바로 그 간단한 제사의 내용은 다음과 같다.

> ⓐ 로고스가 공통적인 것임에도 불구하고 대부분의 사람들은 마치 자신의 지혜를 가진 것처럼 생활한다.(Although the Word (Logos) is common to all, most people live as if each of them had a private

intelligence of his own)

ⓑ 올라가는 길과 내려가는 길은 하나이고 동일하다.(The way up and the way down are one and the same.) (Quinn 14)

많은 연구자들이 바로 위와 같은 제사를 간과한 채 『네 사중주』의 도입부분을 감상하기 때문에 좀 더 깊은 이해의 어려움에 마주치게 된다. 우선 첫 번째 제사는 "개인과 로고스와의 조화 또는 그 종속관계"(Williamson 209)를 의미하는 것으로서 인간 개개인은 로고스에 종속되는 관계라고 볼 수 있다. 다시 말해 로고스를 벗어난 인간의 행동이나 사고란 무의미하다는 논리가 될 수 있다. 그리고 두 번째의 제사는 "헤라클레이토스의 영고성쇠의 교리를 나타내는 말로써"(이종철 207) 주의 깊게 관찰하지 않으면 매우 불합리하고 비논리적인 주장으로 곡해할 수도 있을 것이다. 그러나 우리가 이 두 가지의 간단한 명제의 심층적 의미를 이해하기 위해서는 먼저 헤라클레이토스의 우주 속 사물의 이동 원리를 살펴볼 필요가 있다. 헤라클레이토스에게 로고스는 다음과 같다.

그가(헤라클레이토스) 말하려고 한 핵심관념은 로고스 관념이다. 모든 사물이 그것에 따라 조직되고 또한 여러 가지 모습으로―전쟁, 투쟁, 불신 등으로―자신을 드러내는 바의 그것이 바로 로고스이다. (햄린 19)

요약하면 온 우주만물의 중심축이 곧 로고스이며 동시에 이것은 또한 변화를 주도하는 기본원칙이라 할 수 있다. 무엇보다도 이와 같은 헤라클레이토스의 주장을 엘리엇의 『네 사중주』의 제1악장인 「번트 노턴」

"Burnt Norton"에 적용해 보면 흥미로운 결과를 도출해 낼 수 있다. 즉 만물의 중심이 로고스인데 이 로고스를 인식하지 못한 채 사람들은 자기 자신만의 지혜를 가진 듯 행동하거나 사고한다는 것이다. 다시 말해 현대인들은 사고와 활동의 중심축인 로고스를 망각한 채 각각 자신만의 중심 ―자기 자신들만의 지혜―을 갖고 살아간다는 것이다. 그러므로 로고스를 중심으로 설정하고 사물의 이동방향을 주시하면 올라가는 길이나 내려가는 길이나 동일한 것은 당연하다. 그래서 "기독교 시각에서 로고스를 말씀 혹은 회전하는 세계의 중심에 위치한 정점"(기쉬 171)으로 간주하는 것 또한 당연하다.

스미스 역시 "이 단 두 개의 제사는 비록 「번트 노턴」에만 속해 있지만 『네 사중주』 전체에 적합하다"(255)는 주장을 펼쳐 필자의 견해와 일치한다. 환언하면 제1악장인 「번트 노턴」은 제2악장 「이스트 코우커」"East Coker), 제3악장 「드라이 셀비지즈」"The Dry Salvages"와 제4악장 「리틀 기딩」"Little Gidding"에 이르기까지 전체 4악장이 제1악장의 제사로 압축되어 있다고 볼 수 있다. 그만큼 헤라클레이토스의 우주 속 사물의 이동원리에 대한 이해가 『네 사중주』의 감상에 필수라고 할 수 있다.

그런데 이해를 돕기 위해서 이와 같은 헤라클레이토스의 우주 만물의 이동원리를 좀 더 시각적으로 변형해 보면 진자운동으로 설명할 수 있다. 즉 다음과 같은 모형이 될 수 있다.

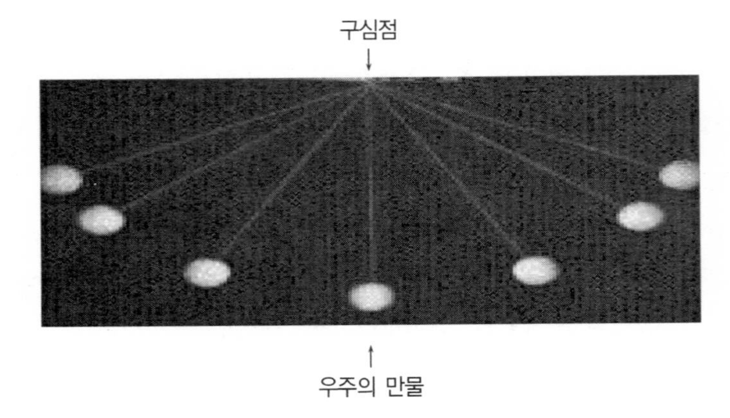

구심점을 중심으로 여러 개의 원형의 추들이 상하 · 좌우로 이동하는 원리라고 볼 수 있다. 즉 설령 하부에 위치한 원추들이 좌우로 이동한다고 하더라도 상부에 위치한 구심점은 전혀 움직이지 않는다고 보면 될 것이다.[3] 다시 말해 상부의 중심축을 로고스라고 정의할 수 있으며 하부에 위치한 원형의 추들은 우주만물들을 상징한다고 보면 될 것이다. 결국 상부의 구심점만은 아무런 움직임이나 변함이 없고 늘 그 자리에 고

---

3) 프라이(Frye)는 이 원리를 다음과 같이 설명한다. "한 장의 종이 위에 수평으로 선을 긋고 그것을 반분(半分)하는 같은 길이의 수직선을 그으면 십자가가 된다. 그 다음에는 이러한 선들을 직경으로 하는 원을 하나 그리고 다시 그 속에 이보다 작은 동심원을 그린다. 그러면 수평선은 시계로 계량되는 시간을 나타내며 이는 곧 헤라클레이토스적인 유전(流轉)의 시간이다. 수직선은 시간의 세계 속으로 강림하는 신의 존재를 나타내며 신은 수직선이 수평선과 교차하는 곳에서 회전하는 세계의 하나의 정지점인 육화(Incarnation)를 나타낸다. 수직선의 꼭대기와 밑바닥은 오르는 길과 내리는 길의 종착점을 나타내지만, 이 도표로서는 그것들이 두 개의 차원의 동일한 지점이란 것을 나타낼 수는 없다. 큰 원의 상반(上半)과 하반(下半)은 각각 충만(plenitude)과 공허(vacancy)의 비전을 나타내고 작은 원의 상반과 하반은 각각 장미 정원의 세계와 지하철의 세계 그리고 천진계(天眞界)와 경험계를 나타낸다"(120).

정되어 있는데 엘리엇은 이것을 로고스라고 명명한 것이다. 그리고 하부에 위치한 원추들의 움직임을 우주만물의 생성과 변환과정으로 볼 수 있다. 결국 『네 사중주』에 나타난 첫 번째와 두 번째 제사의 의미가 이와 같은 논리와 적절하게 들어맞고 있음을 알 수 있다. 요약하면 "헤라클레이토스는 만물을 생성시키고 변화시키는 원동력을 모순과 대립으로 보았으며 그 모순과 대립 속에서도 조화를 이루게 하는 원동력이 바로 로고스"(박영식 33)라고 정의한다. 이러한 분석을 통해서 우리는 결국 세상의 만물들은 생성과 변화를 보이는 반면에 영원히 변함없는 존재는 로고스밖에 없다는 사실을 알 수 있다. 그러나 특이한 점은 여기서 "엘리엇이 주로 관심을 두고 있는 것은 바로 끊임없는 변화endless flux라기보다는 변화 속에 존재하는 질서"(Gish 97)라는 것이다. 즉 엘리엇은 단지 불변성을 지닌 로고스만을 강조한 것이 아니라 바로 그 변화 속에서도 질서를 유지하는 모습에 관심을 가졌다고 볼 수 있다. 다시 말해 불가피한 변화 속에서도 필연적으로 항상성을 보이는 것이 존재한다는 것인데 이 기제가 바로 로고스라는 것이다. 이와 같은 사실로 추론해 볼 때 엘리엇에게 있어서의 로고스가 갖는 의미의 중요성을 우리가 인식할 수 있다.

3. 공간원리적용의 실재

제2장에서 간략하게 살펴본 바와 같이 헤라클레이토스에게 우주만물의 중심은 로고스라는 사실을 알 수 있다. 그런데 흥미로운 점은 헤라클레이토스의 우주만물의 운행 원리를 엘리엇에게 적용하면 현재와 과거는 모두 미래에 존재한다는 사실을 알 수 있다.

현재의 시간과 과거의 시간은
아마 모두 미래의 시간에 존재하고
미래의 시간은 과거의 시간에 포함된다.
모든 시간이 영원히 현존한다면
모든 시간은 되찾을 수 없는 것이다.

Time present and time past
Are both perhaps present in time future
And time future contained in time past.
If all time is eternally present
All time is unredeemable. (*CPP* 171)

위에서 보는 바와 같이 엘리엇은 현재와 과거의 시간은 미래에 포함되고 또한 다시 과거의 시간에 포함된다는 논리를 펼친다. 이를 헤라클레이토스의 우주 속 사물의 이동원리에 적용하면 앞서 제2장에서 살펴본 바와 같은 논리와 일치한다. 즉 과거·현재·미래가 이동은 하지만 로고스를 중심축으로 움직이기 때문에 모든 것이 하나의 정점 하下에서 이동하는 것이다. 그러므로 사물의 이동원리에서 중심축이 로고스로 상정된다면 현재의 시간과 과거의 시간은 이미 미래의 시간에 포함될 수 있는 것이다. 이와 같이 시간은 형이상학적 논리로만 설명이 가능하고 물리적으로는 측정할 수 없기 때문에 다소 난해할 수 있다. 그러나 우리가 로고스를 '하나님의 말씀'[4]이라고 규정한다면 좀 더 이해가 빠를 것

4) 참고로 신약성경 「요한복음」("John") 제1장 1절부터 제3절까지를 보면 다음과 같다. "태초에 말씀이 계시니라 이 말씀이 하나님과 함께 계셨으니 이 말씀은 곧 하나님이시니라. 그가 태초에 하나님과 함께 계셨고 만물이 그로 말미암아 지은바 되었으니

이다. 그 이유는 그 말씀은 늘 살아서 움직이기 때문이다.[5] 이와 같이 "엘리엇은 『네 사중주』의 도입 부분을 시간과 구원의 가능성과 불가능성에 대한 명상으로 시작한다"(Ricks 238). 다시 말해 "엘리엇은 『네 사중주』에서 시간의 안과 밖 그리고 인간과 하나님 사이의 합일점에 가장 관심을 두었으며"(Tamplin 154) 또한 "시간은 지속적으로 흘러가지만 로고스 안에서만은 영원하다"(Smith 256)는 전제를 설정하여 시간과 로고스와의 관계를 보여주기도 한다. 또한 "엘리엇의 언어개념이 상당히 기독교적 신학에 기초하고 있듯이"(현영민 126) 『네 사중주』 중에서 특히 "「번트 노턴」은 종교적 언어와 이미저리에 의존해서 시간 밖에 존재하는 절대적 가치에 대한 생각이나 관념을 창조하려고 시도한다"(Scofield 197). 종교적 관점에서 보면 하나님의 말씀은 시공간을 초월하여 존재하기 때문에 모든 시간이 영원히 존재한다면 모든 시간은 되찾을 수 없는 논리가 되는 것이다. 다시 말해 "그리스도Christ의 육화를 지속적으로 변하는 것과 영원한 것 사이의 합일을 최상으로 간주하듯"(Hargrove 131) 엘리엇에게 하나님과의 친교의 순간이란-『네 사중주』에서 엘리엇 또한 "육화"란 표현을 사용한다(*CPP* 190)-지속적으로 이어진 시간임을 역설적으로 이야기하는 것

지은 것이 하나도 그가 없이는 된 것이 없느니라." (In the beginning was the Word, and the Word was with God, and the Word was God. He was in the beginning with God. All things were made through Him, and without Him nothing was made that was made.). 그러나 또 한편으로는 "변화와 육화의 개념으로의 정점의 융합은 단순히 그리스도의 육화뿐 아니라 영원한 신의 원리 또는 이것을 받아들이는 사람은 누구에게나 세속을 초월해서 태양광선이 비추듯 밝게 빛나는 순간을 제공해하는 로고스"(Mack 169)로 보기도 한다.

5) 이 부분은 필자의 졸고 「의식/무의식을 이용한 엘리엇의 시간읽기」(한국엘리엇학회) 24.1 (2014): 157-76 참고.

이다. 이는 바로 과거가 단순과거의 시간에서 종결되어 더 이상 존재하지 않고, 현재는 과거와 관련 없는 현재의 순간으로서만 존재한다는 것은 논리에 전혀 부합되지 않는다고 할 수 있다. 그래서 우리는 엘리엇의 이러한 시간의 이동 개념을 단순히 대치代置라는 개념과는 차이가 있다는 사실을 주목할 필요가 있다. 만약 시간이 대치의 개념으로 규정된다면 물리적으로는 충분히 측정될 수 있으며, 또한 육안으로도 그 이동 모습을 확인할 수 있을 것이다. 그러나 엘리엇의 시간은 형이상학적으로 묘사되고 있으므로 그 모습을 육안으로는 볼 수 없는 것이 그 특징이라 할 수 있다. 그래서 "사색의 세계"가 펼쳐지게 되는 것이다.

> 있을 수 있었던 일은 하나의 추상으로
> 다만 사색의 세계에서만
> 영원한 가능성으로 남는 것이다.
>
> What might have been is an abstraction
> Remaining a perpetual possibility
> Only in a world of speculation. (*CPP* 171)

위와 같은 정의를 통해서 우리는 가상의 세계(미래)란 단지 영원한 가능성 속에서만 존재하며 하나의 추상이란 미래가 단순히 어느 한 시점에서 종결되지는 않는다는 사실을 알 수 있다. 그렇기 때문에 영원한 가능성 속에서만 그 가상의 세계가 남아 있게 되는 것이다. 그래서 엘리엇은 이 간단한 시간의 원리를 다음과 같이 요약한다.

> 있을 수 있었던 일과 있은 일은

한 점을 향하고, 그 점은 항상 현존한다.

What might have been and what has been
Point to one end, which is always present. (*CPP* 171)

즉 "있을 수 있었던 것과 있었던 것은 추상적 사변이라기보다는 경험에 의해서 나온 감각"(Moody 144)이라는 점에서 시간은 경험과 밀접한 관계가 있음을 알 수 있다. 흥미로운 점은 과거에 있었던 것은 정확하게 미래를 의미하는 한 끝을 향하게 된다는 것이다. 이와 같은 추론 방식에 의해 우리는 과거 · 현재 · 미래는 한끝을 향하며 동시에 "항상 현존하여" 현재와 연결된다는 사실을 알 수 있다. 이는 다시 헤라클레이토스의 우주 속 사물의 이동 원리로 변형해 볼 수 있다. 즉 우주의 중심이 태양이라면 태양을 중심으로 회전하는 행성체들의 이동원리와 유사하다고 볼 수 있다. 다시 말해 태양—헤라클레이토스에 의하면 로고스—을 우주만물의 중심축으로 설정하면 분명 과거 · 현재 · 미래는 명확하게 하나하나의 마디를 두고 구분되어서는 안 된다는 것이다. "『네 사중주』는 주로 사고의 통합과 진술의 정확성이 바로 그 우수성"(Gish 92)이라 할 수 있듯이 엘리엇은 형이상학적 시간 논리를 사용하되 진술의 정확성을 나타내기 위해 우주 내에서의 사물의 이동원리에 기반을 두고 있다. 아울러 "『네 사중주』는 진리에 대한 직관적인 이해의 순간과 그리고 이 순간이 역사 및 인간전체의 삶과의 관계를 가장 성숙하고 완벽하게 표현된 작품"(Drew 144)이라는 평가에서 또한 그 우수성을 찾을 수 있다.

또한 이 우주 만물의 이동원리는 헤라클레이토스의 생성 및 변환의 원리와 일치한다.

이 세상의 모든 것은 끊임없이 변한다고 한다. 변하지 않는 것이라고는 아무것도 없다고 한다. 모든 것은 생겨났다 없어지고, 없어졌다 생겨나는 일을 끝없이 반복하는 흐름 속에 있다는 것이다. (박영식 33)

다시 말해 세상의 만물은 항변恒變하며 모든 것이 생과 사의 연속이라는 것이다. 이와 같은 헤라클레이토스의 세계관을 엘리엇은 「이스트 코우커」에서 그대로 보여주고 있다.

나의 시작에 나의 끝이 있다. 연달아서
집들은 서고, 쓰러지고, 허물어지고, 넓혀지고,
옮겨지고, 파괴되고, 복구되고, 또는 그 자리에
넓은 논밭이나 공장이나 도로가 있다.
낡은 돌이 새 건물에, 낡은 목재는 새 불에,
낡은 불은 재로, 재는 흙으로,
흙은 이미 살이고, 모피이고, 배설물이고,
사람과 짐승의 뼈이고, 곡식 대이고 잎이다.
집들은 살다 죽는다. 세우는 시간이 있고,
사는 시간, 생산하는 시간이 있다.
또는 바람이 흔들리는 유리창을 깨뜨리는 시간,
들쥐가 달음질치는 벽 판장을 흔드는 시간, 그리고
무언의 표어를 짜 넣은 해진 에라스 천 벽걸이를 흔드는 시간이 있다.

In my beginning is my end. In succession
Houses rise and fall, crumble, are extended,
Are removed, destroyed, restored, or in their place
Is an open field, or a factory, or a by-pass.

Old stone to new building, old timber to new fires,
Old fires to ashes, and ashes to the earth
Which is already flesh, fur and faeces,
Bone of man and beast, cornstalk and leaf.
Houses live and die: there is a time for building
And a time for living and for generation
And a time for the wind to break the loosened pane
And to shake the wainscot where the field-mouse trots
And to shake the tattered arras woven with a silent motto. (*CPP* 177)

엘리엇은 위와 같이 헤라클레이토스가 규정한 우주만물의 '항변(성)'을 그대로 보여주고 있다. 즉 이미 시작은 끝을 향한 새로운 출발이 될 수 있으며 이것은 바로 생물의 탄생은 곧 죽음을 향해 시간 위를 질주하는 모습에 견줄 수 있다. 그러면서 엘리엇은 바로 그 항변의 모습을 여러 가지 상황으로 설명한다. (1) 연달아서 집들이 서고 쓰러지고 허물어지고 넓혀지고 옮겨지고, 파괴되고, 복구되고, (2) 그런데 그 자리에 다시 넓은 논밭이나 공장이나 도로가 생기며, (3) 낡은 돌은 새 건물에 사용되고, (4) 낡은 재목은 새 불에 사용되기, (5) 낡은 불은 재로 옮겨서 다시 사용되고 다시 재는 흙으로 돌아가는 것 등 시공간적으로 열 가지의 변화와 변전을 겪는다는 것이다. 그러면서 이 열 가지를 변화와 변전의 종결부로 맺고 다시 이어지는 연stanza을 "나의 시작에 나의 끝이 있다"는 재단정의 진술로 이어간다. 이는 바로 시작이라는 시간은 이미 끝을 향한 것이고 끝은 다시 시작으로 회귀할 수 있는 가능성을 내포한다고 볼 수 있다. 즉 '생겨났다 없어지고, 다시 사라졌다 생겨나는' 그런 순환과정이 끝까지 반복되는 패턴을 유지하는 것이다. 바로 그 만물의 변화무쌍한 모습을 헤라클레이토스는 '흐르는 냇물'을 비유로 들어 설명하기도 하며 또한 많은 연구자들이 이와 같은 우주의 생성변환의 원리를 불교적 시각에서 연구한다.[6]

또 한편 이와 같은 만물의 생성 변환의 원동력을 헤라클레이토스는 모순과 대립으로 설명한다. 즉 "헤라클레이토스는 만물을 생성시키고 변화시키는 원동력을 모순과 대립이라고 했다. 모순과 대립을 통해서 만물은 생성 · 변전한다는 것이다"(박영식 33). 이와 같은 사실로 유추해볼 때 우주 만물의 생성과 변화의 원동력이 바로 모순과 대립이라는 사실을 알 수 있다. 그런데 이 모순과 대립은 결국 부정적인 측면뿐 아니라 긍정적인 측면도 존재한다는 것이 헤라클레이토스의 주장이다. 즉 부정적 측면과 긍정적 측면이 공존하는 상태라고 할 수 있다. 이와 같은 만물의 생성 및 변전의 모습을 설명하기 위해 헤라클레이토스는 역설법에 의존한다. 이러한 모습이 엘리엇에게는 다음과 같이 나타난다.

> 우리의 유일한 건강은 병이다.
> 죽어가는 간호사에 복종하면
> 그의 끊임없는 간호는 우리를 즐겁게 하는 것이 아니고

6) 최희섭은 이 부분에 대하여 "이는 불교적인 윤회의 개념으로 쉽게 이해된다. 불교에서는 물질이 윤회하는 것이 아니라 본질적인 자아가 윤회한다고 말하지만, 여기서는 물질의 변화와 유전이 언급되어 있다. 본질적인 자아의 윤회를 철학적으로 표현하기보다는 물질의 생성변화와 소멸을 제시하여 이 세상에 영속적인 것은 없으며 끊임없이 생겨나고 다시 사라진다는 진리를 이야기 한다"(156)고 주장한다. 엘리엇이 또한 불교와 관련 있다는 주장은 "그가 1913년 브래들리(F. H. Bradley)에 대한 관심을 최초로 갖기 이전에도 종교적 경험에 흥미를 갖고 있었으며 기독교뿐 아니라 불교 신비주의를 연구했다"(Bagchee 110)는 사실을 통해서도 알 수 있다.

우리에게 우리의 그리고, 아담의 저주를 상기시키는 것이다.
그러니 회복하자면 우리의 병은 점점 악화되어야 한다.

온 지상은 우리의 병원이다.
파멸한 갑부가 물려준
그 속에서 우리의 건강이 튼튼하자면
우리는 우리를 버리지 않고, 도처에서 우리를 보호하는
절대적인 아버지의 간호로써 죽어야 할 것이다.

Our only health is the disease
If we obey the dying nurse
Whose constant care is not to please
But to remind of our, and Adam's curse,
And that, to be restored, our sickness must grow worse.

The whole earth is our hospital
Endowed by the ruined millionaire,
Wherein, if we do well, we shall
Die of the absolute paternal care
That will not leave us, but prevents us everywhere. (*CPP* 181)

위에서 보는 바와 같이 엘리엇에게도 모순과 대립이 동시에 공존하고 있음을 알 수 있다. 즉 "유일한 건강이 질병"이거나 "회복하자면 점점 더 악화되어야하며", "건강하자면 아버지의 간호로써 죽어야 한다"는 등의 역설적 주장을 펼친다. 이 주장을 헤라클레이토스의 시간의 논리로 변형하면 과거가 현재와 충돌하거나 현재와 미래가 충돌하는 모습을 연상케 하여 외관상으로는 조화의 징후를 찾아볼 수 없는 것처럼 보이지만 결국 이 부조화속에서도 “아버지의 간호로써 죽는다면” 이런 대립과 모순은 모두 화해의 빛으로 해결되는 것이다. 이를 통해서 우리는 “서로 모순되는 것 사이의 화해의 중요성은 헤라클레이토스만큼이나 엘리엇에게도 필수라는 평가”(Matthiessen195)에 의해서 엘리엇과 헤라클레이토스와의 관계가 밀접하다는 사실을 알 수 있다.

또한 제2장에서 살펴 본 대로 우주만물은 생성과 변화를 겪으면서 모순과 대립상태에 마주치게 된다. 그런데 헤라클레이토스는 그 모순과 대립을 제어하는 장치가 바로 로고스라고 주장하는데 엘리엇은 이 로고스를 춤의 이미지로 변형시켜 나타낸다.

> 회전하는 세계의 정지하는 일점에, 육도 비육도 아닌
> 그곳으로부터도 아니고 그곳을 향하여서도 아닌,
> 　정지점 거기에 춤이 있다.
> 정지도 운동도 아니다. 고정이라고 불러선 안 된다.
> 과거와 미래가 합치는 점이다. 그 곳으로부터 또는 그 곳을 향한 운동
> 　도 아니고,
> 상승도 하강도 아니다. 이 점, 이 정지점 없이는
> 춤은 없다. 거기에만 춤이 있다.

> At the still point of the turning world. Neither flesh nor fleshless;
> Neither from nor towards; at the still point, there the dance is,
> But neither arrest nor movement. And we do not call it fixity,
> Where past and future are gathered. Neither movement from nor towards,
> Neither ascent nor decline. Except for the point, the still point,

There would be no dance, and there is only the dance. (*CPP* 173)

바로 위에서 "회전하는 세계"를 변하는, 즉 항변하는 세계의 모습이라 볼 수 있으며 "정지하는 일점", 이 점이 바로 항변의 세계에서 불변상태를 유지시켜 주는 로고스라 할 수 있다(제2장 모형참조). 그러나 이 로고스는 사물의 조화와 균형을 유지해 주는 구심점이므로 정지도 운동도 아니고 그렇다고 고정이라고 불러서도 안 되며 그래서 과거와 미래가 합쳐지는 점이라 할 수 있다. 엘리엇은 바로 이 지점을 '춤'으로 표현한 것이다.

그러나 대조와 대립이 조화와 균형을 이루는 바로 그 춤이 있었던 순간은 정확하게 물리적 시간으로는 측정이 불가능하다는 것이다. 그래서 그 순간이 물리적으로 측정 가능한 시간으로 변형된다면 이미 그 정점(로고스)의 순간에서 벗어나게 되는 것이다. 환언하면 "끊임없는 유동과 반대의 화해에 대한 헤라클레이토스의 주장을 시화한 것이 바로 『네 사중주』"(Bergonzi 99)라는 사실에서 알 수 있듯이 정점이란 과거 · 현재 · 미래가 통일되는 한 점인데 우리가 육안으로 그 점을 직접 관찰하거나 물리적으로는 측정이 불가능한 것이다. 프라이는 이 춤을 "단순히 액체가 되지 않은 상태 그러면서도 단순히 고체가 아닌 상태라고 정의한 바 있다"(84). 그렇다면 이 상태를 물론 프라이는 기체라고 규정하지는 않았지만 기체와 가깝다고 볼 수 있다. 그래서 엘리엇에게 시간이란 우리가 일생을 의식적이든 무의식적이든 뚜렷한 시간 속에서 보낼 지라도 그 시간이 물리적으로 구분될 수 없는 형이상학적 시간으로 규정하고 있는 것이다. 즉 의식과 무의식은 경험과 밀접한 관련을 지니고 있는 것으로서 정점을 단순히 동적 시간으로 간주해서는 안 되며 그렇다고 정적 시간으로 간주해서도 더더욱 안 된다고 볼 수 있다. 그래서 정과 동이 동시에 존재하는 시간이라 할 수 있는 것이다. 이와 유사한 논리를 이미 고대 아리스토텔레스Aristotle는 부동의 동자라는 개념으로 설명한 바 있으며[7] 엘리엇에게는 다음과 같이 나타난다.

> 패턴의 세부는 운동이다.
> 열 개의 계단의 비유에서처럼.
> 욕망 자체는 동이고
> 그 자체는 좋지 못하다.
> 사랑은 그 자체가 비동이고
> 다만 동의 원인이고 궁극일 뿐,
> 초시간이고, 비 욕망,
> 시간의 양상이 아닌
> 비존재와 존재 사이의
> 영역의 형태로 파악된다.

> The detail of the pattern is movement,
> As in the figure of the ten stairs.

---

7) 아리스토텔레스는 자연을 탐구하는 방법에는 4가지가 있으며 이 네 가지는 모두가 정통적인 것으로서 그 중의 어느 것이 다른 것들보다 더 근본적일 수는 없다고 주장한다. 자연을 탐구하는 이들 4가지 길이란 다름 아닌 4원인을 말하는 것으로서 그 4가지 질문과 해답은 다음과 같다. 1) 그것은 무엇으로 되어 있는가? (질료[質料] 혹은 질료인(質料因)) 2) 그것은 무엇인가? (형상[形相] 또는 형상인[形相因]) 3) 그것은 무엇이 만들어 냈는가? (작용[作用], 혹은 운동인[運動因]) 4) 그것은 무엇에 유용한가? (목적[目的], 혹은 목적인[目的因]) ( ) 속은 질문에 대한 해답임) 그런데 엘리엇의 부동의 동자와 관련해서는 세 번째 질문에 대한 해답과 관련이 있다고 볼 수 있다. 즉 운동인이란 생명체이든 무 생명체이든 사물에 변화를 일으키는 작용자를 말하며 또한 운동인의 작용은 실체의 위치의 변화이든, 크기의 변화이든, 상태의 변화이든, 본질의 변화이든, 어떠한 변화에 대해서나 필수라고 할 수 있다(Lamprecht 106-110).

Desire itself is movement
Not in itself desirable;
Love is itself unmoving,
Only the cause and end of movement,
Timeless, and undesiring
Except in the aspect of time
Caught in the form of limitation
Between un-being and being. (*CPP* 175)

위에서 보는 바와 같이 엘리엇에게 욕망이란 그 자체로 동으로서 바람직하지 못한 상태를 비유한다고 볼 수 있다. 그 사실을 엘리엇은 "그것은 좋지 못하다"고 말하면서 이에 대한 치유책으로서 '사랑'을 제안한다. 그런데 그 사랑을 욕망과 비교했을 때 욕망과는 대조적으로 "비동"이면서 동이 아닌 "동의 원인"이며 "동의 최종목적"일 뿐이라고 하며 다만 "부동의 동자"로서의 사랑을 중심에 놓고 있다. 그래서 이 사랑은 시간을 초월한 무시간 또는 로고스이며 욕망이 아닌 '비 욕망'이 되는데 그 조건으로는 비존재와 존재 사이의 한계의 모양으로 포착되는 시간의 양상은 제외된다는 것이다. 환언하면 사랑이 비존재의 영역에만 존재하게 된다면 "부동의 동자"로서의 역할을 상실하게 되는 것이라 할 수 있다. 이와 같은 논리로 추론해 볼 때 엘리엇은『네 사중주』를 헤라클레이토스의 우주공간 속에서의 사물의 이동 원리를 바탕으로 창작했음이 분명함을 알 수 있다.

4. 나오며

지금까지 엘리엇의 철학적 명상 시로 알려진 『네 사중주』를 헤라클레이토스의 공간 내에서의 사물의 이동원리에 적용하여 살펴보았다. 엘리엇이 『네 사중주』의 제1악장인 「번트 노턴」에 그 제사로 헤라클레이토스의 사물의 이동원리를 사용했지만 실상 『네 사중주』 전체에 해당되는 주제라 할 수 있다. 헤라클레이토스의 공간원리의 핵심은 로고스라 할 수 있다. 즉 세상의 만물은 생성과 변화를 끊임없이 겪지만 로고스만은 변하지 않으며 오히려 우주 만물의 생성과 변환을 가능케 하는 기폭제라 할 수 있다. 중요한 점은 엘리엇에게는 이 원리가 『네 사중주』에 그대로 반영되어 나타나고 있다는 것이다. 그 단적인 예로 엘리엇은 『네 사중주』의 제1악장인 「번트 노턴」의 제사에 이 원리를 사용하여 『네 사중주』 전체를 요약해 주고 있다. 그러면서 엘리엇은 시간 개념으로 시선을 전환하여 과거 · 현재 · 미래는 모두 한 끝을 향한다거나 정지도 이동도 그렇다고 고정이라고 불러서는 안 된다는 사실을 강조하고 있다. 다시 말해 물리적으로 과거 · 현재 · 미래를 구분지어서는 안 된다는 사실을 강조하는 것이며 다만 과거 · 현재 · 미래가 교차하는 바로 그 지점에 정점이 자리 잡게 된다는 것이다. 바로 그 정점이 실제로 구체화된 이미지가 "춤"이라 할 수 있다. 춤이란 동도 비동도 아니며 그렇다고 고정이라고 단정지을 수도 없는 상태로서 우주만물의 조화와 균형을 잡아주는 중심점이라 할 수 있다. 이와 같은 논리는 또한 "사랑"으로 표현되어 시간과 무시간을 초월한 존재로서의 합일점에 도달한 순간이라 볼 수 있다.

* 이 글은 한국현대영어영문학회의 학술지 『현대영어영문학』(제58권3호, 2014년) pp.171-188에 게재된 것을 일부 수정했음을 밝힌다.

인용문헌

기쉬, 낸시. 『T. S. 엘리엇의 시와 시간』. 김양수 역. 서울: 소명출판사, 1996.

램브레히트, 스털링. 『우리의 철학전통: 간단한 서양 철학사』 김태길, 윤명로 외 옮김. 서울: 을유문화사, 2013.

박영식. 『서양철학사의 이해: 탈레스의 아르케에서 비트겐슈타인의 언어까지』. 서울: 철학과현실사, 2000.

이종철. 「포스트 모더니즘적 글쓰기의 관점에서 본 T. S. 엘리엇의 『네사중주곡』: 「번트 노턴」을 중심으로」. 『새한영어영문학』 44.1 (2002): 203-23.

이창배. 『T. S. 엘리엇 전집』 서울: 동국대학교출판부, 2001.

이철희. 「의식/무의식을 이용한 엘리엇의 시간 읽기」. 『T. S. 엘리엇 연구』 24.1 (2014): 157-76.

프라이, 노스럽. 『T. S. 엘리엇』. 강대건 옮김. 서울: 탐구당, 1979.

케리, 엔토니. 『서양 철학사』. 이영주 옮김. 서울: 동문선, 2003.

햄린, D. W. 『서양 철학사』. 이창대외 옮김. 서울: 이론과 실천, 1990.

현영민. 「T. S. 엘리엇의 종교적 상상력과 몰개성시어이론」. 『현대영어영문학』(한국현대영어영문학회) 50.2 (2006): 120-50

Bagchee, Shyamal. Ed. *T. S. Eliot: A Voice Descanting*. New York: St. Martin's Press, 1990.

Beehler, Michael. *T. S. Eliot, Wallace Stevens and the Discourses of Difference*. London: Louisiana State UP, 1987.

Bergonzi, Bernard. Ed. *T. S. Eliot: Four Quartets: A Selection of Critical Essays*. London: Macmillan Press Ltd., 1994.

Choi, Hiesup. T. S. Eliot's View of Reincarnation in "East Coker." *Journal of the T. S. Eliot Society of Korea* 23.1(2013): 149-174.

Dale, Alzina Stone. *T. S. Eliot: The Philosopher Poet*. Illinois: Harold Shaw Publishers, 1988.

Drew, Elizabeth. *T. S. Eliot: The Design of His Poetry*. New York: Charles Scribner's Sons, 1949.

Eliot, T. S. *The Complete Poems and Plays of T. S. Eliot*. London: Faber and

Faber, 1978. (*CPP*로 표기함)

Frye, Northrop. *T. S. Eliot.* New York: Capricorn Books, 1972.

Gish, Nancy K. *The Waste Land: A Student's Companion to the Poem.* Boston: Twayne Publishers, 1988.

______. *Time in the Poetry of T. S. Eliot: A Study in Structure and Theme.* London: The Macmillan Press Ltd., 1981.

Hargrove, Nancy Duvall. *Landscape as Symbol in the Poetry of T. S. Eliot.* Jackson: UP of Mississippi, 1978.

Mack, Maynard, Leonard Dean and William Frost. Eds. *Modern Poetry.* New York: Prentice-Hall, Inc., 1961.

Matthiessen, F. O. *The Achievement of T. S. Eliot: An Essay on the Nature of Poetry.* London: Oxford UP, 1976.

Moody, David A. Ed. *The Cambridge Companion to T. S. Eliot.* London: Cambridge UP, 1994.

Quinn, Maire A. *T. S. Eliot: Four Quartets.* London: Longman York Press, 1982.

Raffel, Burton. *T. S. Eliot.* New York: Frederick Unger Publishing Co., 1982.

Ricks, Christopher. *T. S. Eliot and Prejudice.* London: Faber and Faber, 1994.

Scofield, Martin. *T. S. Eliot: The Poems.* London: Cambridge UP, 1988.

Smith, Grover. *T. S. Eliot's Poetry and Plays: A Study in Sources and Meaning.* Chicago: U of Chicago P., 1974.

______. "Getting Used to T. S. Eliot." *The English Journal* 49.1 (1960): 1-9.

Tamplin, Ronald. *A Preface to T. S. Eliot.* London: Longman Group Limited, 1995.

Watkins, Floyed C. *The Flesh and The World: Eliot, Hemingway, Faulkner.* Nashville: Vanderbilt UP, 1971.

Williamson, George. *A Reader's Guide to T. S. Eliot: A Poem by Poem Analysis.* New York: The Noonday Press, 1953.

cafe.daum.net/dsgm2003/Aaq/135

후설의 현상학과 엘리엇: 『네 사중주』를 중심으로

—

1. 들어가는 말

엘리엇T. S. Eliot의 『네 사중주』*Four Quartets*는 “엘리엇 시의 정점”(Hargrove 131)인 동시에 철학적 명상시이며 “가장 난해한 종교시”(Callow 86)라고 평가된다. 이와 같은 평가와 합당하게 그동안 헤라클레이토스Heraclitus, 아리스토텔레스Aristotle, 베르그송Bergson, 아우구스티누스Augustine 등 다양한 철학자들의 시각으로 『네 사중주』가 연구되었으며, 기독교와 불교 그리고 신비주의 등 종교적 측면에서의 연구들도 지속적으로 출현하고 있다. 우선 철학적 측면에서의 선행 연구를 간략하게 살펴보면 다음과 같다. 헤라클레이토스와 관련해서는 이철희가 「헤라클레이토스의 공간원리와 엘리엇의 『네 사중주』」로 연구했고 그리고 베르그송의 경우에는 양재용의 「『네 사중주』의 시간과 기억: 베르그송의 영향과 영원한 현재와의 관계」와 김구슬의 「엘리엇과 베르그송: 「바람 부는 밤의 광상시」의 베르그송적 해석」이 있다. 그리고 아우구스티누스와 관련해서는 이규명이 「T. S. 엘리엇과 St. 아우구스티누스: 이중구속의 비전」으로 연구했고, 불교적 측면에서는 박경일의 「T. S. 엘리엇과 불교: 엘리엇 연구의 대전환을 위한 방법론 서설」이 있다. 해외에서도 국내 못지않게 다양한 연구들이 출현했다. 먼저 하럴드McCathy Harold E가 「엘리엇과 불교」"T. S. Eliot and Buddhism"로 연구했고 크로퍼드Robert Crawford는 「엘리엇과 미국철학: 하버드 시절」"T. S. Eliot and American Philosophy: The Harvard Years"로 연구했는가하면 도널즈Childs Donalds J.는 「엘리엇: 다양한 신비주의에서 실용적창작법까지」"T. S. Eliot: From Varieties of Mysticism to Pragmatic Poesis"로 연구한 바 있다.

그러나 이와 같이 다양한 형태로 철학적 · 종교적 연구들이 출현했음에도 불구하고 현상학과 관련된 연구는 찾아보기 어렵다. 그래서 본 연구는 현상학의 창시자로 불리는 후설Edmund Husserl의 철학과 엘리엇을 비교하여 연구해 보았다. 엘리엇과 후설과의 직접적인 선행연구로는 김병옥의 「엘리엇과 후설-객관적 상관물의 개념을 중심으로」라는 연구가 있다. 글제가 암시하듯이 이 연구에서 김병옥은 엘리엇의 문학비평용어 중에 하나인 '객관적 상관물'objective correlative의 개념을 후설의 철학론과 연관시켰다. 그러나 필자는 본 연구에서 후설이 주장하는 현상학과 엘리엇의 관계를 조명하고, 아울러 엘리엇의 작품을 후설의 하일레hyle와 노에시스noesis 그리고 노에마noema의 시각에서 읽어보려 한다.

2. 후설의 현상학과 엘리엇

우선 후설에게 "현상이란 의식현상을 말하는 것이고 의식현상이란 의식에 나타난 것, 즉 의식에 주어진 것을 뜻한다"(박영식 295)고 정의할 수 있다. 이와 같은 정의에서 볼 수 있듯이 후설의 현상학에서의 주된 관심 대상은 '의식'이라 할 수 있다. 즉 의식 속 대상이 바로 그 중심 주제가 될 수 있는데 이를 시에 적용하면 작가 또는 화자speaker의 의식 속에 나타난 대상의 표현 방법에 바로 그 주안점이 있다고 할 수 있다. 또한 이 논리는 엘리엇의 시 창작방법에 그대로 적용될 수 있는 것으로서 엘리엇은 거의 모든 작품에서 화자의 의식 속에 나타난 대상들을 시에 그대로 제시한다. 즉 화자가 시각적으로 관찰한 것을 그대로 나열하거나 그 대상에 대한 화자의 느낌을 서술한다기보다는 화자의 의식에 나타난 대상이나 상황 등에 대한 제시에 의한 방법으로 많은 작품들이 전개되고 있다. 부연하면 화자의 의식 속에 나타난 대상들—그것이 이미지이든 상징이든 또는 단편적이든 연속적이든 관계없이—을 나열한다는 것이 바로 그 특징이라 할 수 있는데 그런데 흥미롭게도 독자는 화자가 나열해 놓은 대상표현에 의해서 시인이 나타내고자하는 정서를 공감할 수 있다는 것이다. 그래서 엘리엇의 경우 '환기'라는 표현이 출현했다고 볼 수 있을 것이다.[8] 그리고 또 이와 유사한 방법으로 엘리엇은 의식의 흐름이라는 기법에 의존하고 있는데 이 창작방법 또한 대상의 실체를 화자의 시각적 표현에 의존한다기보다는 의식 속에 나타난 대상들을 최대한—표현기법

---

8) 그래서 엘리엇은 예술의 정서를 표현하는 유일한 방법으로 객관적 상관물을 찾을 것을 요구한다. 다시 말해 일련의 대상이나 상황 등을 작가가 제시하면 독자 또한 작가가 전하려는 정서가 환기된다고 한다(*SW* 100).

에 구애 없이—전달한다는 것이다(추후 후설 역시 "명증대상"이란 용어로 표현하고 있음). 그 예를 엘리엇은 다음에서 그대로 보여준다.

추억이 닥쳐온다,
햇빛 못 받는 마른 제라늄과
금간 땅의 흙과
거리의 밤 냄새와
문 닫힌 방의 여인의 냄새와
낭하의 담배와
술집의 칵테일 냄새의 추억이.

The reminiscence comes
Of sunless dry geraniums
And dust in crevices,
Smells of chestnuts in the streets,
And female smells in shuttered rooms,
And cigarettes in corridors
And cocktail smells in bars. (*CPP* 25-26)

후설에게 현상학의 본질이란 바로 의식에 나타난 현상을 규명한다는 것과 유사하게 엘리엇은 의식 속 대상이 화자의 서술기법의 중요한 매개체가 되고 있다. 이로 인해 다소 엘리엇의 작품이 난해하다고 평가하듯 후설의 철학 또한 "매우 난해한 철학"(박영식 295)으로 규정하고 있다. 그 한 요인은 시인이 시를 창작하는 과정에서 주로 대상의 표현을 시각에 의존한다기보다는 겉 표면으로 드러나지 않은 의식 속 대상의 표현에 기반을 두고 있기 때문이다. 그래서 엘리엇의 시가 단편 일률적이지 않고 복수화면이나 다중의 목소리 등이 나타난다고 볼 수 있으며 또한 화자의 의식 속에 나타난 대상이 비논리적인 전개양상을 보이거나 또는 서로 이질적으로 보이는 대상들을 "병치"하는 모습을 볼 수 있다. 이는 화자의 의식 속 대상들을 나열하는 것으로부터 기인한 결과라 할 수 있다.

또한 후설은 "현상학의 제일원리이자 출발점을 명증evidence에서 구하고 있으며 이것은 '무전제의 원칙'이라 규정한다"(박영식 295-296). 환언하면 사전에 아무런 원칙을 정해 놓지 않았다는 것이다. 이는 의식 속에 나타난 대상들의 자연적 배열을 의미하는 것으로서 마치 시인이 일필휘지한 듯 전개한 것처럼 보이지만 시인 또는 화자의 내면 의식 속에는 하나의 대상—후설의 용어를 빌면 하나의 하일레—이 자리 잡고 있다는 것이다. 그러나 중요한 것은 단순히 의식 속에 나타난 대상에 대한 묘사에 그치는 것이 아니라 이 대상의 실체를 명확하게 규명하는 것이 바로 현상학의 제일원칙이라 할 수 있다. 다시 말해 무전제의 원칙이라 함은 의도적으로 계획을 세워 놓고 대상을 결정하는 것이 아니라는 것—사물의 본질을 결정하는 과정에 개인적 자아ego가 개입되지 않는다는 것—을 의미한다. 우리는 이를 '비의도적'이라는 표현으로 변환할 수 있다. 이를 엘리엇의 시 창작법에 적용하면 엘리엇은 화자의 의식 속에 나타난 사건 또는 여러 개의 사물들을 무전제로 나열하고 있다. 그래서 작품 속 화자의 의식 속에 나타난 대상을 비교적 있는 그대로 바꾸어 말하면 순서에 구애받지 않고 배열한다는 것이다. 그래서 엘리엇의 작품이 앞서 언급했듯이 '산발적' 양상을 보일 수 있는 것이다.

그러나 후설은 이렇게 난해한 의식 속에 나타난 대상 규명에 대하여 우리가 어떻게 입증할 수 있는가에 대한 해답으로 '명증'을 내세우고 있다. 그리고 그 명증의 조건으로 충전성과 필증성을 주장하는데 충전성이란 대상이 생생하게 지각되는 것이고 필증성은 대상이 의심할 수 없게 생생하게 지각되는 것이라고 할 수 있다(박영식 296). 쉽게 풀어보면 충전성이란 화자의 의식 속에 나타난 사물이나 상황을 '바로 이것'이라고 명확하게 규명할 수 있는 것이라 할 수 있고 필증성이란 화자의 의식 속에 나타난 대상을 타인에게 좀 더 구체적으로 증명해 보일 수 있는 것이어야 한다는 것이다. 다시 말해 이것일 수도 있고 저것일 수도 있다고 하거나 화자 자신만이 이해할 수 있는 극히 제한된 것이어서는 안 된다는 것이다. 그러므로 엘리엇의 경우 화자의 의식 속에 나타난 대상들이 비록 무의식에 기반을 둔 채 나열된 것처럼 보이지만 화자는 그 대상의 실체를 명확하게 인식하고 있다고 할 수 있으며 그 대상에 대한 표현 역시 논리적이라고 할 수 있다. 단적으로 말해 표현방법에 있어서는 의식에 의존하지만 그 표현된 의미는 매우 정확하다는 것이다. 바로 이 논리를 엘리엇은 『네 사중주』의 「번트 노턴」"Burnt Norton"에서 보이고 있다.

발자국 소리는 기억 속에서 반향하여
우리가 걸어 보지 않은 통로로 내려가
우리가 한 번도 열지 않은 문을 향하여
장미원 속으로 사라진다. 내 말들도
이같이 그대의 마음속에 반향한다.
　그러나 무슨 목적으로
장미 꽃잎에 앉은 먼지를 뒤흔드는지
나는 모르겠다.
　그 밖에도 메아리들이
장미원에 산다. 우리 따라가 볼까?

빨리, 새가 말했다. 그걸 찾아요, 찾아요,
모퉁이를 돌아서. 최초의 문을 통과하여
우리들의 최초의 세계로 들어가, 우리 따라가 볼까,
믿을 수 없지만 지빠귀를? 우리들의 최초의 세계로 들어가.

Footfalls echo in the memory
Down the passage which we did not take
Towards the door we never opened
Into the rose-garden. My words echo
Thus, in your mind.
  But to what purpose
Disturbing the dust on a bowl of rose-leaves
I do not know.
  Other echoes
Inhabit the garden. Shall we follow?
Quick, said the bird, find them, find them,
Round the corner. Through the first gate,
Into our first world, shall we follow
The deception of the thrush? Into our first world. (*CPP* 171)

"지빠귀 새"나 "장미원"은 모두 의식 속에 나타난 대상들임에도 불구하고 전개방법이나 배열방법 또는 대상에 대한 정의가 매우 명확하다고 볼 수 있다. 즉 화자는 이러한 대상들을 명확하게 지각하고 있는 것이며 -충전성 충족-이를 또한 독자에게 분명히 전달할 수 있다는 것-필증성 충족-이다.

그런데 후설은 무엇보다도 의식에 나타난 상image의 나열방법을 중요시하면서도 "의식에 주어진 것을 있는 그대로 파악하는 것은 직관에 의하여 가능하다"(박영식 297)고 한다. 부연하면 의식 속에 떠오르는 하나의 상 또는 여러 개의 상들은 모두 그 본질적인 파악방법이 바로 '직관'이라는 것이다. 여기서 직관이란 가정이나 가식이 없는 다시 말해 의식 속에 떠오르는 상을 그대로 받아들이는 것-엘리엇의 경우는 이 사물을 작품 속에 그대로 나열해 놓았다고 보는 것이 옳을 것이다-이라 할 수 있다. 그러나 문제는 그 상의 배열에 있어서 통일성과 이미지들 사이의 조화의 유무는 시를 감상하는 독자들의 판단능력이라 할 수 있다. 그래서 엘리엇의 시가 난해할 수도 있으나 비교적 화자의 의식 속에 나타난 상들은 일관성 있는 전개 양상을 보이며, 서두와 종지부가 조화를 유지한다는 것이 그 특징이다.

그러나 후설은 본질파악은 직관에 의해 가능하다고 주장하면서도 "본질은 개체에 내재해 있으며 개체는 그 속에 본질을 내포하고 있는 것"(박영식 298)이라고 한다. 이를 엘리엇은 다음과 같이 전개한다.

> 추억은 많은 비틀린 것들을
> 높이 멋없이 튕겨 올린다.
> 해변의 비틀린 가지하나
> 매끈히 벌레에 먹히고 문질러져
> 마치 세계가
> 빳빳이 그리고 하얗게
> 그 뼈대의 비밀을 드러낸 것만 같다.
> 공장 마당의 부서진 용수철,
> 힘이 가해져 딱딱하게 구부러지고
> 꺾일 지경이 된 그 형체에 달라붙은 녹

The memory throws up high and dry
A crowd of twisted things;
A twisted branch upon the beach
Eaten smooth, and polished
As if the world gave up
The secret of its skeleton,
Stiff and white.
A broken spring in a factory yard,
Rust that clings to the form that the strength has left
Hard and curled and ready to snap. (*CPP* 24-25)

위에서 보는 바와 같이 하나하나의 개별적인 이미지나 상징들이 모두 하나의 본질개념－허무함－을 나타내기에 적합하게 구성되어 있다. 즉 여러 개의 이미지들 속에는 공통적 의미가 있다. 즉 화자의 의식 속에 나타난 대상들이 이질화된 것처럼 보이지만 하나의 완벽한 의미를 형성한다고 볼 수 있는데 후설은 이를 구성constitution이라고 명명한 바 있다(Höffe 170). 엘리엇의 경우 위에서 보는 바와 같이 여러 개의 이미지들 속에는 하나의 공통적인 본질이 있다고 할 수 있다. 다시 말해 여러 개의 이미지들로 분할되어 있지만 하나의 본질, 즉 인생의 허무함을 나타내는 본질적 개념은 동일하다고 볼 수 있다. 이를 우주의 원리에 대입해 보면 대우주 속에는 소우주가 존재하며 소우주의 특성을 파악하면 대우주의 특성도 파악할 수 있다고 보면 된다. 그래서 "후설의 경우 개체 파악을 떠나서는 본질 직관이 있을 수 없고 본질 직관은 개체 직관을 통해 이루어진다"(박영식 298)고 한다. 그만큼 후설은 개체의 중요성을 이야기하는데 엘리엇의 경우도 이와 유사한 양상을 보인다.

그런데 후설에게 있어 또 하나 흥미로운 사실은 "우리가 본질직관을 얻어내기 위해서는 자연적 태도를 판단 중지Epoché해야 한다는 것이다"(박영식 299). 이 주장을 우리는 좀 더 세밀하게 살펴볼 필요가 있다. 즉 자연적 태도를 판단 중지해야 한다는 것은 인간 본래의 상태, 즉 태초의 인간의 형태를 유지하거나 철저하게 가식을 모두 벗어내야 함을 의미한다고 볼 수 있다. 그만큼 인간의 원초적 본성을 강조한다고 볼 수 있다. 그래서 엘리엇은 이 논리를 다음과 같이 표현한다.

> 그대가 모르는 것에 이르자면
> 　그대는 무지의 길로 가야한다.
> 그대가 소유치 않은 것을 소유코자 한다면
> 　그대는 무소유의 길을 가야한다.
> 그대가 아닌 것에 이르자면
> 　그대가 있지 않는 길로 가야한다.
> 그리고 그대가 모르는 것이 그대가 아는 유일한 것이고,
> 그대가 갖는 것은 그대가 갖지 않은 것이고,
> 그대가 있는 곳은 그대가 있지 않은 곳이다.

> In order to arrive at what you do not know
> 　You must go by a way which is the way of ignorance.
> In order to possess what you do not possess
> 　You must go by the way of dispossession.
> In order to arrive at what you are not
> 　You must go through the way in which you are not.
> And what you do not know is the only thing you know
> And what you own is what you do not own

And where you are is where you are not. (*CPP* 181)

요약하면 학습에 의해서 또는 타인의 지식 전달에 의한 활동에서 나온 경험은 바람직하지 못하다는 것이다. 메티산Matthiessen은 경험으로부터 나온 가치에 익숙해진 형식 때문에 우리는 새롭고 놀라운 순간에 부속된 것을 볼 수 없으며 그래서 엘리엇이 경험에 의해 나온 가치는 제한된다고 설명하는 것으로 보고 있다(185). 쉽게 말해 후설은 오랫동안 인간의 경험에 의해서 나온 학습 또는 습관은 괄호 처져야 한다bracketing off는 것,[9] 즉 어떤 현상을 다룰 때 우리가 그것에 대해 갖게 되는 가정을 괄호로 묶는 것(Hamlyn 441)이라 할 수 있다. 만약에 이 상태가 성립되지 못하면 본질직관을 얻어내는 데 실패할 수 있다는 것이다. 한마디로 "판단중지는 우리의 상식적인 자연적 태도를 유보하자는 것"(이윤일 119)이라 할 수 있다.

3. 의식 속 대상의 변형과정: 하일레와 노에시스 그리고 노에마

후설은 의식과 대상과의 관계를 좀 더 구체적으로 설명하기 위하여 하일레와 노에시스 그리고 노에마[10]라는 용어를 사용한다. 먼저 그 관계

---

9) 엘리엇은 이와 같은 논리를 「이스트 코우커」("East Coker")에서 그대로 보여주고 있다.
There is, it seems to us,/ At best, only a limited value/In the knowledge derived from experience. /The knowledge imposes a pattern, and falsifies,/ For the pattern is new in every moment/ And every moment is a new and shocking/Valuation of all we have been. (*CPP* 179)

10) 하일레란 고대 그리스어로 "물질"(material) 또는 "재료"(stuff)를 의미하고 노에시스란

를 살펴보면 다음과 같다.

> 의식과 대상은 지향성으로 한데 묶여 그 자체로 경험이라는 사건을 이룬다. 후설은 이를 명확히 하기 위해 지향성의 한쪽에 있는 의식을 노에시스라고 부르고, 다른 쪽의 대상을 노에마라고 부른다. 즉, 노에시스-노에마는 지향성으로 묶인 관계이다. (남경태 64)

위의 논리를 통해서 우리는 의식과 대상은 서로 별개의 독립적 개체가 아니라 서로 유기적 관계가 형성되어 있음을 알 수 있다. 그런데 흥미롭게도 이와 같은 후설의 3요소 간의 관계가 엘리엇에게는 다음과 같이 나타난다.

> 상처 난 외과의는 메스를 들고
> 병처를 찾는다
> 그 피 듣는 두 손 밑에서 우리는
> 체온 차트의 수수께끼를 푸는
> 의사의 기술의 날카로운, 그러나 따뜻한 연정을 느낀다.

> The wounded surgeon plies the steel
> That questions the distempered part;
> Beneath the bleeding hands we feel
> The sharp compassion of the healer's art
> Resolving the enigma of the fever chart. (*CPP* 181)

"사유"라는 그리스어이며 노에마란 "사유된 것"을 말한다.

먼저 "병처를 찾는 행위"는 실상 하일레를 찾고자 하는 것으로 볼 수 있을 것이다. 그런데 흥미롭게도 하일레에 얽힌 것을 명증하려는 노에마 이전 단계로서의 "체온 차트의 수수께끼를 푸는" 행위는 아직 미완된 노에마라 할 수 있는 단계로서 "따뜻한 연정을 느낀다"고 한다. 여기서 주의할 것은 5행이 하나의 완성된 단편으로 보이지만 실상은 미완성된 것이다. 즉 후설에 대입하면 완벽한 '구성'에 이르지 못한 단계라고 할 수 있다. 그 이유는 이 단편은 의식 속에 나타난 대상 또는 하나의 사건으로서 화자의 의식에 나타난 대상이 완벽한 종결을 맺지 못했기 때문이다. 즉 "따뜻한 연정을 느낀다"고 하는 것은 마치 소설의 전개과정에서 절정에서 끝나 버린 모습에 비유할 수 있다.

그러나 이와는 달리 완결된 '구성'의 모습도 보인다. 즉 의식 속 대상이 하일레와 노에시스 그리고 노에마의 상태가 완벽한 결말을 이루기도 한다.

수태와 그리고
창조 사이에
감정과 그리고
반응 사이에
그림자는 내린다.

Between the conception
And the creation
Between the emotion
And the response
Falls the Shadow (*CPP* 85)

수태와 창조 또는 감정과 반응 사이에는 무엇이 존재할까라는 궁금증을 우리에게 유발시킨다. 그런데 화자는 그 사이를 채우는 공간으로서 "그림자"를 설정한다. 결국 그림자가 "수태"와 "창조" 그리고 "감정"과 "반응" 사이를 채워주는 또 하나의 하일레가 되는 것이다. 역으로 수태와 창조 사이에 그림자가 없으면 가운데에 빈 공간이 존재하게 되는데 이 경우 또한 "구성"이 형성되지 않은 다시 말해 하일레와 노에시스의 적절한 적용이 이루어지지 않음으로써 완벽한 노에마가 형성되지 않은 상태라고 할 수 있다. 그래서 감정과 반응 사이에는 그림자가 존재해야만 하나의 완벽한 구성이 성립된다고 볼 수 있다. 이와 유사한 맥락으로 다음과 같은 논리가 등장한다.

욕망과 그리고
경련 사이에
가능태와 그리고
현실태 사이에
본질과 그리고
타락 사이에
그림자는 내린다

Between the desire
And the spasm
Between the potency
And the existence
Between the essence
And the descent
Falls the Shadow (*CPP* 85)

욕망과 경련, 가능태와 현실태 그리고 타락과 본질을 채워주는, 즉 하일레와 노에시스 사이의 빈 공간을 채워주는 것이 바로 "그림자"로서, 여기서 그림자의 역할이 제대로 수행되면 완벽한 노에마가 된다고 할 수 있다. 한편 가능태는 불가능한 것이 아니라 완성될 수 있음을 내포하고 있기 때문에 하일레라 할 수 있으며 '현실태'는 이미 하일레가 노에시스의 작용에 의해 노에마가 되어 버린 상태라고 할 수 있다. 그래서 이와 같이 하일레와 노에마 사이의 완벽한 연결체로 그림자가 형성되면 하나의 완벽한 구성이 되는 것이다. 엘리엇은 시간의 이동에 있어서도 이와 유사한 논리를 펼친다.

> 시간은 언제나 시간, 장소는 언제나
> 그리고 다만 장소일 뿐임을 나는 알기 때문에
> 현실적인 것을 다만 한 때에만
> 그리고 다만 한 장소에서만 현실적임을 나는 알기 때문에
> 나는 사물이 있는 그대로임을 기뻐하고
> 그 축복받은 얼굴을 거절하고
> 그 목소리를 거절한다.
> 나는 다시 돌아가기를 바라지 않기 때문에
> 결국 이래서 나는 기뻐한다, 기쁨의 토대가 될
> 무엇을 세워야하기 때문에
>
> Because I know that time is always time
> And place is always and only place
> And what is actual is actual only for one time
> And only for one place
> I rejoice that things are as they are and

I renounce the blesse'd face

And I renounce the voice

Because I cannot hope to turn again

Consequently I rejoice, having to construct something

Upon which to rejoice (*CPP* 89)

여기서 시간과 장소 역시 하나의 완벽한 형태를 지닌 노에마이며 화자 또한 그 사실을 인정하면서도 그 노에마의 실존은 단지 한 장소에서만 그 역할을 모두 수행하기 때문에 결국 내면 의식 속에는 무언가 변화되기를 바라고 있다. 이는 완벽한 노에마가 형성되지 않았음을 의미하는 것이며 그래서 그 내면의식 속의 빈 공간을 채워주기 위하여 "기쁨의 토대가 될 무엇을 세워주고 싶다"는 소망을 표현한다. 또한 하일레와 노에마 그리고 노에시스의 관계가 다음과 같은 표현으로 나타난다.

그리고 상실한 마음은 굳어지며
상실한 라일락과 상실한 바다의 목소리를 기뻐한다
그리고 약한 정신은 생기를 띠고, 구부러진 매역취 풀과
상실된 바다 향기를 찾아서 반역하며
활기를 띠고
메추리의 울음과 공중을 선회하는 물새를 소생시킨다
그리고 안 보이는 눈이 상아 문 사이에서
공허한 형상들을 만들어 내고
미각이 모래땅의 짠 맛을 되살린다.

And the lost heart stiffens and rejoices

In the lost lilac and the lost sea voices

And the weak spirit quickens to rebel
For the bent golden-rod and the lost sea smell
Quickens to recover
The cry of quail and the whirling plover
And the blind eye creates
The empty forms between the ivory gates
And smell renews the salt savour of the sandy earth (*CPP* 98)

"상실한 마음"과 "상실한 라일락" 그리고 "상실한 바다"를 하일레로 보아야 한다. 그 이유는 화자는 라일락과 마음을 오히려 기뻐한다고 주장하여 노에시스의 작용으로 노에마가 될 수 있음을 은연중에 비추고 있기 때문이다. 즉 이 논리는 절대불변의 하일레 상태로 고정되어있다기보다는 노에마로 변형되기를 바라는 마음의 표현이라 할 수 있다. 그리고 또한 이제는 약한 정신은 다시 하일레가 노에시스의 작용에 의해 생기를 띠는 동시에 하일레가 노에시스로 향하는 과정이라 할 수 있는 상실된 바다 향기를 찾아 "반역"한다고 한다. 그리고 "미각이 모래땅의 짠 맛을 되살린다"고 하여 하일레가 노에시스에 의한 작용을 받으면 변형될 수 있음을 시사한다고 볼 수 있다. 또한 계절적 변화에 있어서도 이와 유사한 양상을 보인다.

녹으면서
어는 사이에서 영혼의 수액은 떤다. 흙냄새도 없고
생물의 냄새도 없다. 이것이 봄철인데
계절의 성약 중엔 없다. 지금 산울타리 나무들은
한 시간 동안 일시적인 눈꽃송이들로

하얗다. 그것은 여름 꽃보다
더 순간적이고, 꽃망울도 맺지 않고, 시들지도 않으며,
생성의 체계에는 없는 것이다.
여름이 어디 있는가, 상상도 미치지 못하는
영의 여름은?

Between melting and freezing
The soul's sap quivers. There is no earth smell
Or smell of living thing. This is the spring time
But not in time's covenant. Now the hedgerow
Is blanched for an hour with transitory blossom
Of snow, a bloom more sudden
Than that of summer, neither budding nor fading,
Not in the scheme of generation.
Where is the summer, the unimaginable
Zero summer? (*CPP* 191)

위에서 보는 바와 같이 "녹으면서 어는 사이"를 하일레 사이의 변형이라고 볼 수 있으며 그 변형 속에서 "수액이 떤다"고 하여 분명 하일레에 변화 또는 변형이 일어나고 있음을 알 수 있다. 이 변형의 중간단계이며 그 변형의 징조로서 흙냄새와 생물 냄새가 없다고 한다. 바로 있어야할 흙냄새와 생물냄새가 더욱이 "봄 철"인데도 없다고 하는데 이는 분화되지 못한 화산에 비유할 수 있다. 즉 꿈틀 거리기는 하지만 분출되지 못한 상태라고 할 수 있을 것이다. 그리고 "산울타리의 나무들"은 분명 봄철인데도 하얗다. 이는 하일레가 노에시스로 변환되지 못한 상태인 봄이 지난겨울의 모습을 그대로 유지한다고 볼 수 있으며 그러므로 계절의

순서에 일치하지 않기 때문에 그것은 "순간적이고, 꽃망울도 맺지 못하고 시들지도 않으며 생성의 체계에는 존재하지 않는 것이 된다"는 것이다. 환언하면 계절상 봄임에도 불구하고 겨울의 하일레가 그대로 봄의 노에시스의 영향을 받지 못했다고 볼 수 있을 것이다. 이와 유사한 논리가 다음처럼 등장하기도 한다.

흔히 비슷하게 보이지만 아주 다른 세 가지 상태가 있어
그것이 동일한 산울타리 속에 무성하게 번창한다.
자아와 사물과 사람들에 대한 집착의 상태, 자아와
사물과 사람들로부터의 초탈의 상태, 그리고 그 두 상태 중간에
　　자라는 무관심의 상태,
그것은 죽음이 삶과 비슷하듯이 앞의 양자와 비슷하고
두 생의 중간, 즉 죽은 쐐기풀과 산 쐐기풀 사이에서
꽃이 피지 않는 상태 그것. 이것이 기억의 효용이다.

There are three conditions which often look alike
Yet differ completely, flourish in the same hedgerow:
Attachment to self and things and to persons, detachment
From self and from things and from persons; and, growing between
　them, indifference
Which resembles the others as death resembles life,
Being between two lives-unflowering, between
The live and the dead nettle. This is the use of memory. (*CPP* 195)

위와 같이 형이상학적이고 추상적인 정의를 통하여 우리는 후설의 의식 속에 나타난 대상에 대한 정의가 엘리엇의 시적 내용과 유사한 양

상을 보인다는 사실을 알 수 있다. 우선 자아와 사물 그리고 사람들에 대한 집착과 초탈이 등장하는가하면 그 중간 상태에 무관심이 표현되면서, 여기에 삶과 죽음이 서로 유사하고 이 둘 사이의 중간 상태 그것이 바로 죽은 쐐기풀과 산 쐐기풀 사이에서 꽃이 피지 않는 상태를 바로 기억의 효용이라 한다. 다시 말해 자아와 사물과 사람에 대한 집착의 상태는 후설에 의하면 노에시스 그 자체에 몰두한 상태(습관화되어 있는 상태)가 되며, 여기서 초월한 상태는 후설의 경우 "괄호"친 상태가 될 수 있다. 이와 유사한 논리를 화자는 하부 행line에서도 이어간다. "그것은 삶이나 죽음이 비슷하다"는 것은 삶과 죽음은 사실상 노에시스 상태인데 그 상태가 "꽃이 피지 않는 상태", 즉 하일레에 노에시스가 적용되지 않은 상태가 되는 것이다. 그런데 이와 같은 논리는 "기억의 효용적 측면"에서만 가능하다고하여 우리는 기존의 모든 학습에서 벗어나야하고 순수의식 상태에서만 이것이 가능함을 암시한다고 볼 수 있다.

4. 나오는 말

후설 철학의 핵심은 '의식'에서 출발한다. 이는 시의 경우 화자와 작가의 의식 속에 나타난 사건이나 상황 또는 대상들을 작품 속에 나열하는 것이라고 볼 수 있다. 그러면서 후설은 명증을 주장하며 그 조건으로 충전성과 필증성을 내세운다. 엘리엇 역시 이와 유사한 방법을 사용하고 있다. 즉 엘리엇 또한 화자의 의식 속에 나타난 대상들을 표현하는 방법에 시 창작기법을 의존하고 있다. 의식 속 대상의 표현에 의존한 나머지 엘리엇의 작품이 일관성이 부족한 듯 보이지만 실상은 화자의 의식 속 대상의 표현방법에 의존한 대상의 나열은 질서 정연한 모습을 보인다.

또한 후설은 의식과 대상과의 관계를 하일레, 노에마, 노에시스로 설명한다. 이 또한 엘리엇의 시에 그대로 적용될 수 있다. 하일레와 노에마, 노에시스가 완벽하게 서로 유기적으로 형성되는가 하면—후설은 이를 구성이라고 명명했다—그렇지 못한 경우도 보인다. 아울러 후설은 본질직관을 얻어내기 위해서는 판단중지를 그 조건으로 내걸고 있는데 엘리엇 또한 그의 시에서 이 모습을 그대로 보여주고 있다.

* 이 글은 한국 T. S.엘리엇학회의 학술지 『T. S. 엘리엇연구』(제24권3호, 2014년) pp.77-98에 게재된 것을 일부 수정했음을 밝힌다.

인용문헌

김구슬. 「엘리엇과 베르그송: 「바람 부는 밤의 광상시」의 베르그송적 해석」. 『T. S. 엘리엇연구』 11 (2001): 71-101.

김병옥. 「엘리엇과 후설-객관적 상관물의 개념을 중심으로」. 『T. S. 엘리엇연구』 4 (1996): 19-44.

남경태. 『한눈에 읽는 현대철학』. 서울: 광개토출판사, 2001.

박경일. 「T. S. 엘리엇과 불교: 엘리엇 연구의 대전환을 위한 방법론 서설」. 『T. S. 엘리엇연구』 12 (1993): 37-94.

박영식. 『서양철학사의 이해』. 서울: 철학과 현실사, 2000.

양재용. 「『네 사중주』의 시간과 기억: 베르그송의 영향과 영원한 현재와의 관계」. 『T. S. 엘리엇연구』 6 (1998): 189-217.

이규명. 「T. S. 엘리엇과 St. 아우구스티누스: 이중구속의 비전」. 『T. S. 엘리엇연구』 23.1 (2013): 61-92

이윤일. 『현대의 철학자들』. 서울: 선학사, 2002.

이창배. 『T. S. 엘리엇전집: 시와 시극』. 서울: 동국대학교 출판부, 2001.

이철희. 「헤라클레이토스의 공간원리와 엘리엇의 『네 사중주』」. 『현대영어영문학』 58.3 (2014): 171-88

회페, 오트프리드. 『철학의 거장들』. 이진우 외 옮김. 서울: 한길사, 1995.

햄린. 『서양 철학사』.이창대, 김광명 역. 서울: 이론과 실천, 1990.

Callow, James T. and Robert J. Reilly. *Guide to American Literature: From Emily Dickinson to the Present*. London: Barnes & Noble Books, 1977.

Crawford, Robert. "T. S. Eliot and American Philosophy: The Harvard Years." (Book Review) *The Modern Language Review* 90.1 (1955): 163-164.

Donald J. Childs. "T. S. Eliot: From Varieties of Mysticism to Pragmatic Poesis." *Mosaic* 22.4 (1989): 99-116.

Eliot, T. S. *The Complete Poems and Plays of T. S. Eliot*. London: Faber and Faber, 1978. (Abbreviated as *CPP*).

_________. *The Sacred Wood: Essays on Poetry & Criticism*. London: Methuen & Co. Ltd., 1972. (Abbreviated as *SW*).

Hargrove, Nancy Duvall. *Landscape as Symbol in the Poetry of T. S. Eliot.* Mississippi: UP of Mississippi, 1978.

Harold E, McCathy. "T. S. Eliot and Buddhism." *Philosophy East and West* 2.1 (1952): 31-55.

Matthiessen. F. O. *The Achievement of T. S. Eliot: An Essay on the Nature of Poetry.* London: Oxford UP, 1976.

의식/무의식을 이용한 엘리엇의 시간 읽기

—

1. 들어가는 말

진정으로 현대시는 엘리엇T. S. Eliot과 함께 시작한다(Stephen 96)는 평가와 어울리게 엘리엇의 시인으로서의 명성은 매우 컸다. 그러나 이와 같은 명성에도 불구하고 그의 작품에 대한 접근은 용이하지 않다. 그의 작품만이 지닌 독특한 난해성으로 인해 많은 연구자들을 당혹시키며 그 중심에 『황무지』*The Waste Land*와 『네 사중주』*Four Quartets*가 있다. 이 걸작들을 감상하기란 일반인은 물론 엘리엇 전문 학자들에게도 하나의 큰 도전이라 할 수 있다. 아마도 그 이유 중의 하나는 엘리엇의 시간에 대한 개념파악의 난해성 때문일 것이다. 이 사실은 바로 『네 사중주』 중에 "철학적으로 가장 농축된 작품"(Bergonzi 94)으로 평가되는 「번트 노튼」"Burnt Norton"의 제사, 즉 "올라가는 길이나 내려가는 길이나 동일하다"(The way up and the way down are one and the same)(*CPP* 171)는 주장을 통해서 알 수 있다. 특히 시간에 대한 연구는 과거부터 현재까지 그리고 국내외를 막론하고 지속적으로 출현한다. 이만식은 「시간의 공간화와 공간의 시간화: T. S. 엘리엇의 초기시를 중심으로」에서 시간의 공간화를 이야기하면서 은유와 환유의 관계를 논하고 있으며 최희섭은 「「번트 노턴」과 「이스트 코우커」"East Coker"에 나타난 엘리엇의 시간관」에서 『네 사중주』 중에서 두개의 악장quartet을 선택하여 시간 개념을 분석했다. 해외에서도 시간에 대한 관심은 국내 못지않다. 모세스Omri Moses는 「시간에 영향주기: 엘리엇의 「번트 노턴」」"Affecting Time: T. S. Eliot's "Burnt Norton""이라는 제목으로 연구했고, 쿠디Cuddy, L. A.는 「시간 속에 공간 만들기: 엘리엇, 진화와 『네 사중주』」"Making a Space in Time: T. S. Eliot, Evolution and the *Four Quartets*"에서 엘리엇의 시간 개념을 논한바 있다. 이들 연구의 공통점이란 엘리엇의 시간을 논하는데 있어서의 중심이 『네 사중주』에 있다는 사실이다.[11] 또한 『네 사중주』는 기독교적 관점에서 많이 연구되고 있다는 사실도 간과되어서는 안 될 것이다. 그래서 본 글의 구성은 제2장에서 엘리엇의 시간 개념을 기독교적 관점에서 『네 사중주』를 통하여 간략하게 재음미해보고 제3장은 엘리엇의 시간개념을 화자의 의식의 이동을 통해 고찰해 보기로 한다. 실상, 선행 연구를 통해 보았듯이 엘리엇의 시간에 대한 연구는 많이 이루어졌으나 그 시간의 개념이 의식과 무의식의 이동을 통해 나타난다는 사실은 간과되고 있다.

---

11) 실상 엘리엇 작품의 난해성을 "오든(Auden)은 철학을 시에 흡수시켰지만 엘리엇은 철학을 이용하여 시를 창작했다"(Bergonzi 109)는 평가를 통해서도 알 수 있으며 또한 "『네 사중주』는 철학적인 내용을 포함하지만 철학이 아니라 시"(Robinson 116)라는 주장을 통해서도 알 수 있다.

2. 기독교적 합일과 시간의 일치

엘리엇은 그의 작품 중 가장 깊이가 있고 복잡한 작품으로 평가받는 『네 사중주』(Stephen 97)에서 시간을 간략하지만 추상적으로 정의한다.

> 현재의 시간과 과거의 시간은
> 아마 모두 미래의 시간에 존재하고
> 미래의 시간은 과거의 시간에 포함된다[12)]
>
> Time present and time past
> Are both perhaps present in time future
> And time future contained in time past. (*CPP* 171)

위와 같이 엘리엇은 현재, 과거, 미래를 추상적이지만 비교적 명확하게 구분한다. 과거와 미래는 예수 그리스도를 중심축으로 설정했을 때는 충분히 한 점으로 볼 수 있으며 물리학적 시간개념으로는 규정될 수 없고 물체의 이동원리로 보면 역설적이지만 그 점은 한 점이 될 수 있다. 그 이유는 예수의 죽음은 곧 과거가 될 수 있고 부활은 미래를 지향하고 있기 때문이다. 바로 엘리엇은 물리학적 시간의 이동원리보다는 오히려 형이상학적 개념으로서 과거, 현재, 미래가 서로 유동성을 지닌 채 교차한다고 보는 것이다.[13)] 이 교차점이 바로 정점stillpoint, 즉 하나님God과의

---

12) 본 글에서의 우리말 번역은 이창배의 『T. S. 엘리엇 전집: 시와 시극』을 이용했으며 일부 수정하였음을 밝힌다.

13) 그러나 이와 같은 「번트 노튼」의 첫 시작에 나타나는 시간을 도노휴(Denis Donoghue)는 다음과 같이 4가지로 분류한다. 1. 지속적으로 연결되어 있는 사건들

합일점이라 볼 수 있다. 여기서 우리는 "엘리엇의 시는 무엇보다도 시간성과 죽음을 향해 있는 삶의 한계상황에서 타자로서의 로고스logos를 통해 존재 의미의 물음을 극복하는 기독교적 주체의 인식과 각성을 뚜렷이 나타낸다"(조전래 344)는 것을 알 수 있다. 다시 말해 예수와 교응하는 순간이 곧 정점이며 이는 다시 춤dance으로 구체화 되는 것이다.

> 이 점, 이 정지 점 없이는
> 무도는 없으리라. 거기에만 무도가 있다.
> 나는 거기에 우리가 있었음을 말할 수 있을 뿐이다. 그러나
> 어딘지는 말 할 수 없다.
> 그리고 나는 얼마나 오래인지 말할 수 없다, 왜냐하면 그 곳은
> 시간 안에 존재하지 않기 때문이다.

> Except for the point, the still point,
> There would be no dance, and there is only the dance.
> I can only say, there we have been: but I cannot say where.
> And I cannot say, how long, for that is to place it in time. (*CPP* 173)

"would"라는 가상의 세계 다시 말해 다분히 미래를 함축하고 있는 시간과 "춤만 있을 뿐"이라는 현 상황을 나타내는 현재가 서로 연결되어 있고, 중간 연결고리로서 "우리가 있었을 뿐"－이는 자칫 잘못하여 과거

(events)의 고리로서의 시간. 2. 영원히 현존하며, 그래서 역사, 발전 그리고 유동(flux)를 포함하기 때문에 되찾을 수 없는 것으로서의 시간. 3. 다를 수도(different)있었던 사건들의 지속(duration)으로서의 시간. 4. 우리의 목적이 아니라 신의 목적으로 향한 우리에게 근본이 되는 시간(Bergson 214) 등이다.

로 보아서는 안 된다—이라는 과거부터 현재까지 존재해 왔던 것, 즉 과거와 현재를 연결해 주는 중간의 (그러나 중첩된 시제가 아닌) 시제가 위치해 있다. 그러나 그 시제 역시 단순 시작점(과거)이라는 사실도 정확히 인식할 수는 없지만 "엘리엇은 시간을 끊임없는 흐름과 동작으로 보았다"(김재인 26)는 사실에서 알 수 있듯이 동작에는 연속성이 있다는 사실에는 분명 이견이 없을 것이다. 즉 '춤'의 이미지에 시선을 맞추어 보면 춤이 없을 수 있으나 유일한 춤만 있다고 볼 수 있다. 즉 "시공간을 통한 지속성을 엮어내면서 혼란을 일으키는 것이 바로 춤"(Ellmann 118)으로서 예수의 사망은 분명 있었지만 눈으로 확인할 수 없었으므로 그 위치에 대해서는 확인할 수 없는 상황이라 할 수 있다. 간단히 말해 추상적으로는 발생한 사건임에는 틀림없지만 정확한 것을 말할 수 없는 상태가 되는 것이다. 그러므로 "있을 수 있었던 것"What might have been과 "있었던 것"What have been은 우리의 추상세계에만 존재하게 되는 것이며 "추억 속에서 메아리치는 발자국"Footfalls echo in the memory(*CPP* 171)과 같이 있을 수 있었던 일은 다만 우리의 환상 속에서만 그 위치를 점하고 있는 것이다. 「번트 노튼」에서 엘리엇이 현재 집중하고 있는 것은 "각 시간의 순간마다 우리에게 무시간적 존재를 인식할 수 있는 기회를 제공하는 것"(Sencourt 147)처럼 엘리엇은 시간 개념을 좀 더 구체화 또는 형상화시켰으며 또한 물리적 시간과 형이상학적 시간을 동시에 사용한다.

그렇다면 엘리엇은 이 두 가지의 시간 개념 중 어느 것을 더욱 선호했을까 라는 궁금증이 유발된다. 아마도 물리적 시간 개념을 형이상학적 시간 개념으로 변형시켰다고 볼 수 있을 것이다. 그 이유는 행위자체는 물리적 시간 개념으로 측정이 가능하므로 행동하는 것은 인간이고 그 행동의 결과에서 파생된 교차점이 신과의 합일점을 의미하기 때문이다. 엘리엇이 이 『네 사중주』에서 구성하고 있는 주요한 대립적 양상은 시간을 단순한 지속성의 개념으로 보는 시각과, 인간이 시간 안에서 그리고 시간을 벗어나서 살아가는 방법에 대한 역설적 기독교적인 견해이다 (Matthiessen 183). 이 같은 주장을 토대로 보았을 때 엘리엇의 『네 사중주』에서 보이는 시간이란 신과의 합일을 중심으로 과거와 현재와 미래가 하나의 연결고리를 형성한다고 볼 수 있다. 그러나 여기서 특이한 점은 엘리엇은 물리적 시간과 형이상학적 시간을 병치시켰음을 알 수 있다.

3. 의식과 무의식을 통한 시간의 이동

앞서 제2장에서는 기독교적 시각에서의 시간의 이동 원리를 간략하게 살펴보았다. 이제 제3장에서는 시간의 개념이 화자의 의식의 이동 모습에 의존하여 표현되고 있는 것을 살펴보기로 한다. 우리는 다음과 같이 시간의 이동이 화자의 의식속의 변형(운동)을 통해 나타난다는 사실을 알 수 있다.

> 아니다! 나는 햄릿 왕자가 아니다. 될 의도도 없었다.
> 나는 시종관, 행차나 흥성하게 하고,
> 한두 장면 얼굴이나 비치고
> 왕자에게 진언이나 하는, 틀림없이 만만한 연장.
>
> No! I am not Prince Hamlet, nor was meant to be;
> Am an attendant lord, one that will do

To swell; a progress, start a scene or two,
Advise the prince; no doubt, an easy tool. (*CPP* 16)

위에서 보는 바와 같이 화자는 햄릿왕자가 아니며(현재), 왕자가 되고 싶지도 않았던 모습(과거)으로 표현한다. 이 시제는 다시 "will do"라는 미래시제와 연결된다. 여기서 우리는 엘리엇이 과거, 현재, 미래를 동시에 사용하고 있음을 알 수 있다. 또한 햄릿 왕자가 아닌 것은 물리적으로 현재의 시간을 나타내며, 되고 싶지도 않다는 것은 형이상학적 시간으로의 이동을 소망하고 있는 것이다. 그 결과 화자의 의식 속에는 다음과 같은 회한이 남게 되는 것이다.

나는 차라리 고요한 바다 밑바닥을 어기적거리는
한 쌍의 엉성한 게 다리나 되었을 것을.

I should have been a pair of ragged claws
Scuttling across the floors of silent seas. (*CPP* 15)

화자의 내면적 소망이 시각적 이미지로 구체화 되어 있다. "엉성한 게 다리나 되었을 것"이라는 화자의 의식적 소망이 시각적 이미지로 표현되어 있다. 여기서 "엘리엇의 주된 관심은 의식이 경험을 구성하는 방식에 있다"(Tamplin 44)는 주장처럼 의식과 경험과의 관계를 통한 시간 규정이 중요하다고 볼 수 있다. 또한 우리가 간과해서는 안되는 것은 엘리엇이 형이상학적 시간 및 물리적 시간 개념을 동시에 사용한다는 것이다. 그래서 엘리엇에게는 시간의 추상성과 구체성이 잠재의식 속에서 공존하게 된다. 즉 위에서 보는 것처럼 이 둘 사이의 갈등 속에 화자의 의식이 포함되어 있다고 볼 수 있다.

그렇다면 우리는 엘리엇에게는 무의식적 시간이 우선이었는가 아니면 의식적 시간이 우선이었을까라는 궁금증을 가질 수 있다. 엘리엇은 분명 이 둘 사이의 갈등 속에 있다.

과거의 시간과 미래의 시간은
적은 의식 밖에 허용치 않는다.
의식한다는 것은 시간 안에 있지 않다.
그러나 장미원에 있는 순간과
비가 내려치는 정자 밑에 있는 순간과
저녁연기 오를 때 바람 잘 통하는 교회에 있는 순간은
다만 시간 안에서만 기억될 뿐이다. 그것이 과거와 미래에 연결되어 시간은 시간을 통하여서만 정복된다.

Time past and time future
Allow but a little consciousness,
To be conscious is not to be in time
But only in time can the moment in the rose-garden,
The moment in the arbour where the rain beat,
The moment in the draughty church at smokefall
Be remembered; involved with past and future.
Only through time time is conquered. (*CPP* 173)

위를 통하여 과거의 시간과 현재의 시간은 허락할 수 있으나 단지 "적은 의식"만을 허락한다는 사실을 알 수 있다. 이는 바로 과거와 미래의 시간에 대한 명확한 개념을 정의하기란 매우 난해하며 "적은 의식" 속이므로 그 의식 역시 명확한 측정은 불가능하다는 것이다. 그러므로 이미 의식한다는 것은 시간을 벗어나게 되어 버리는 것이다. 즉 의식하는 순간이 시간 내에서가 아니라 실질적 형상화의 순간—(1) 장미원에 있는 순간, (2) 비가 올 때 정원 밑에 있는 순간, (3) 저녁연기 속에서 통풍이 잘 되는 교회에 있는 순간—으로 변형되는 것이다. 그런데 (1)(2)(3)은 시각적으로 형상화 할 수 있는 순간이며 이를 시각적 시간 개념으로 환언하면 '현재'라는 사실에는 모두가 동의할 수 있을 것이다. 그것을 엘리엇은 "시간 안에서만 기억될 뿐"—변형하면 의식 속의 현재—이라고 정의한다. 여기서 흥미로운 것은 이 모든 현재의 3가지 사건들은 위에서처럼 "과거와 미래는 연결된다"는 점이다. 그러므로 시간적으로 현재는 과거와 미래와 연결되어 있기 때문에 시간은 시간을 통해서만 정복되는 논리가 성립하는 것이다.[14)]

『네 사중주』는 일종의 주장을 나열한다기보다는 의식적 경험을 보여주기 위해 철학적 언어를 사용한다(Scofield 197). 이는 엘리엇의 『네 사중주』를 이해하기 위해서는 화자의 의식 속에 나타난 경험을 결코 등한히 해서는 안 됨을 시사한다. 환언하면 엘리엇의 주요시들이 다양한 수사 및 서술전략을 사용하여 화자의 의식과 서술의 대상이 하나가 되는 순간의 경험을 전달하려한 것은 주체와 객체의 통합을 이루려는 시도라 할 수 있다(이문재 227). 엘리엇은 이와 같이 빈틈없고 철저하게 시간이란 서로 유기적으로 연결되어 있으며 물리학에서 분류하는 어느 특정 시간 개

4) 이 부분은 이미 2009년에 필자가 「엘리엇과 프루스트의 문학적 테마로서의 시간성에 대한 고찰」(『현대영미시연구』 15.1)에서 언급한 바 있다.

념에서 이탈하게 되면 이 논리는 성립될 수 없는 상태에 이르게 된다고 말한다.

말은 움직이고, 음악도 움직인다.
다만 시간 안에서. 그러나 살아 있기만 한 것은
다만 죽을 수 있을 뿐이다. 말은 말해진 후엔 침묵에 든다. 다만 전형과 형식에 의해서만
말이나 음악은 정점에 이른다.
마치 중국의 자기가 항시
정 속에서 영원히 움직임과 같다.
곡조가 계속되는 동안의 바이올린의 정,
그것만이 아니라 그것과의 공존,
아니 끝이 시작에 앞서고,
시작의 전과 끝의 뒤에,
끝과 시작이 언제나 거기 있었다고 말할까.
그리고 모든 것은 항상 현재다.

Words move, music moves
Only in time; but that which is only living
Can only die. Words, after speech, reach
Into the silence. Only by the form, the pattern,
Can words or music reach
The stillness, as a Chinese jar still
Moves perpetually in its stillness.
Not that only, but the co-existence,
Or say that the end precedes the beginning,
And the end and the beginning were always there

Before the beginning and after the end.
And all is always now. (*CPP* 175)

위에서 보는 바와 같이 엘리엇은 "말과 음악은 움직이며 다만 시간 내內" 라는 전제 조건을 내세운다. 이 논리는 현재를 중시하는 것이라 볼 수 있으며, 다시 "살아 있는 것은 다만 죽을 수 있을 뿐"으로 시간은 현재에서 미래로 옮겨간다. 그러나 다시 "말해진 후에 침묵에 든다"고 하여 과거에서 현재로 이동한다. 이와 같이 과거 내지는 과거에서 현재로 시간의 이동현상이 일어나지만 결국 이 두 가지의 이동 방향은 "말이나 음악은 정精에 이른다"는 합일점에 도달하게 되는 것이다. 다시 말해 과거에서 현재, 역으로 현재에서 과거는 결국 한 점 즉 정점에 이르게 된다는 사실이다. 그런데 흥미롭게도 엘리엇은 "중국의 자기가 항상 정 속에서 영원히 움직인다"는 난해한 시간 표현을 사용한다. 이것은 정 속에 동動이 있고, 동 속에 정이 존재한다는 논리가 될 수 있다. 즉 하나의 원圓 속에 여러 개의 입자들이 동시에 정과 동의 모습을 보인다고 할 수 있다. 그러므로 공존상태가 되는 것이고 이는 또한 끝보다 시작이 먼저이고 또는 끝과 시작이 먼저라고도 말할 수 있는 것이다. 원 속의 입자들의 모습에서 우리는 정과 동을 동시에 볼 수 있기 때문이다. 그래서 정과 동이 동시에 존재하므로 그것은 항상 현재가 되는 것이다.

그런데 또 한편으로 흥미로운 점은 엘리엇이 사용하는 시간이란 봄, 여름, 가을, 겨울의 순차적인 시간의 배열이 아니라 봄 이후 겨울이 올 수 있다는 사실이다.

차라리 겨울은 우리를 따뜻하게 했었다.

망각의 눈으로 대지를 덮고,
마른 구근으로 가냘픈 생명을 키웠으니.

Winter kept us warm, covering
Earth in forgetful snow, feeding
A little life with dried tubers. (*CPP* 61)

겨울이 망각의 눈으로 대지를 덮으며, 지난겨울 눈 속에 파묻혀 모든 것을 잃어버리고 어렵게 삶을 이어가는 그런 생활이 오히려 시적 화자에게는 위안이 되었다. 힘든 겨울이 오히려 새로움을 전해주는 봄보다는 능동적 행위가 가능했다는 역설적인 표현이라 볼 수 있다. 차라리 겨울은 우리를 따뜻하게 했었다는 표현에서 화자는 겨울 자체에 대한 동경을 나타낸다기보다는 오히려 시간적으로 '과거'를 의식적으로 선망한다고 볼 수 있다. 이 과거 속에 나타난 의식, 즉 과거의 과거 속에 나타난 의식의 행위들은 망각의 눈으로 대지를 덮었거나 마른 구근으로 가냘픈 생명을 키우는 것이다. 그런데 과거를 기준점으로 설정했을 때는 이미 이 두 가지의 행위는 다시 '현재'로 회귀된다는 논리가 나온다. 즉 화자의 의식 속의 시제는 과거이지만 그 과거 속에 나타나는 시간은 현재가 되는 것이다. 이와 같이 『네 사중주』는 화자의 의식의 이동이 감상의 필수 요건이라 할 수 있으며 "이는 『네 사중주』는 사고thought의 주된 표현이며 또한 이 작품의 장점이란 사고의 환기력뿐 아니라 사고의 통합과 진술의 정확성 및 각각의 악장들이 의식의 이동에 의한 전달의 정확성에 있다"(Gish 92)고 할 만큼 엘리엇의 작품 감상에는 의식의 이동 경로를 탐색하는 것이 중요하다.

『황무지』는 엘리엇의 지옥과 같은 환상의 정수이며(Frye 64), 당대 가장 유명하고 복잡한 시로 평가된다(Callow 86). 엘리엇은 『황무지』를 통해 "인생의 여정, 즉 최종적이며 반드시 필요한 목표를 향한 운동으로서의 인생의 이미지를 전달한다"(Traversi 24). 이 시에서 화자는 망각에 사로잡힌 채 현실에 안주할 수 있었던 과거에 대한 아쉬움을 현재 역설적으로 드러내고 있다. 그러므로 차라리 모닥불을 피우며 지냈던 여름이−즉 화자의 의식 속의 시제는 과거−화자에게 위안을 줄 수 있는 것이다.

쌍쌍이 손에 손을 잡고, 팔에 팔을 끼고,
필연적인 결합을 이루니
그것은 화목의 징조, 불을 둘러 돌고 돌며,
훨훨 불길 속으로 뛰며, 원과 원으로 묶여,
촌스럽게 진지한 표정, 아니면, 소박한 웃음.
맵시 없는 신에 무거운 발을 쳐들고
소박한 기쁨 속에 흙발. 진흙 발 쳐든다.
그것은 지하에서 오랫동안 보리를 살찌게 해온
기쁨, 박자 맞추고,
곡조 맞추어 춤을 춘다
생동하는 춘하추동 그들의 생활에서.

Two and two, necessary conjunction,
Holding eche other by the hand or the arm
Whiche betokeneth concorde. Round and round the fire
Leaping through the flames, or joined in circles,
Rustically solemn or in rustic laughter
Lifting heavy feet in clumsy shoes,

Earth feet, loam feet, lifted in country mirth
Mirth of those long since under earth
Nourishing the corn. Keeping time,
Keeping the rhythm in their dancing
As in their living in the living seasons. (*CPP* 178)

이 부분은 『네 사중주』의 「이스트 코우커」의 일부분으로서 마치 우리에게 한 편의 동화fairy-tale를 떠올리게 한다(Bush 213). 쌍쌍이 손을 잡고, 팔에 팔을 낀 결합의 상태가 곧 과거, 현재, 미래의 합일점이 될 것이고, 또한 원과 원으로 묶여 있는 상태도 역시 일치점이 될 수 있다. 그러나 이 두 가지의 합일점 외에도 엘리엇은 "지하에서 오랫동안"이라는 과거로 회귀했다가 이것이 기쁨으로 변화되어 춤을 추는 행위, 즉 현재로 복귀한다. 이와 같은 시간의 이동은 의식 속에서 만이 가능하다. 여기서 엘리엇은 질서와 무질서를 이야기하는 것이 아니라 분명 질서에 무질서가 왔고 무질서가 질서로 향하지 않는 역순환적 자연 질서의 모습을 이야기하는 것이라 볼 수 있다. 그래서 이 사실을 안타까워하는 화자에게 현실은 비현실적인 모습으로 나타나게 되는 것이다.

비현실적인 도시
겨울날 새벽 갈색 안개 속으로
군중이 런던교 위로 흘러간다. 저렇게 많이,
나는 죽음이 저렇게 많은 사람을 멸망시켰다고는 생각지 못했다.

Unreal City,
Under the brown fog of a winter dawn,

A crowd flowed over London Bridge, so many,
I had not thought death had undone so many. (*CPP* 62)

화자가 주시하는 시제는 현재이다. 그 이유는 "비현실적인 도시"의 모습을 보는 시제는 현재이기 때문이다. 그러나 죽음이 많은 사람을 파멸해버린 것은 이미 과거가 되었고 여기에 "생각지도 못했다"는 것 역시 과거(과거완료)라고 볼 수 있으며 엘리엇 역시 그렇게 표현했다.

엘리엇은 『황무지』 창작과정에서 수십 가지의 단편들을 사용하고 있는데 이들 단편 속에 단일 공간의 복수공간화를 실현하거나 하나의 동일한 시제보다는 오히려 시제의 교차점을 자주 사용하여 시간이 갖는 의미를 되새겨 보게 만든다. 특히 이러한 시간의 이동 속에서 현대인에게 경각심을 불러일으키기 위해서 꽃피는 5월에 사자 그리스도가 오게 된다.

세월의 갱생과 더불어
사자 그리스도는 왔다.

타락한 오월, 산수유와 밤, 꽃피는 소방나무는 왔다.
귓속말 주고받는 중에
먹히고, 분배되고, 마셔지기 위하여

In the juvescence of the year
Came Christ the tiger

In depraved May, dogwood and chestnut, flowering judas,
To be eaten, to be divided, to be drunk
Among whispers. (*CPP* 37)

한해의 시작과 함께 그리스도가 사자로 변형되어 나타났다. 이는 곧 시간적으로 현재를 나타내는 것으로서 아마도 엘리엇은 현대인들의 현재 모습을 강조하기 위해 사용한 것으로 보인다. 또한 그 현대인들의 현재모습을 강조하기 위해서 플레바스Philebas를 등장시킨다.

> 이교도이건 유태인이건
> 그대 키 바퀴를 잡고 바람머리를 내다보는 자여,
> 플레바스를 생각하라, 그대나 다름없이 한때는 미남이었고 키가 컸던 그를.

> Gentle or Jew
> O you who turn the wheel and look to windward
> Consider Philebas, who were once handsome and tall as you. (*CPP* 71)

제목이 「수사」"Death by Water"라는 점에 있어서 물과 관련시켜 볼 때 '세례'와 밀접한 관련이 있다는 사실을 알 수 있다. 그 예로, 로마서Romans 6장 제3절과 제4절을 그대로 인용해 보면 다음과 같다.

> 무릇 그리스도 예수와 합하여 세례를 받은 우리는 그의 죽으심과 합하여 세례를 받은 줄을 알지 못하느냐. 그러므로 우리가 그의 죽으심과 합하여 세례를 받음으로 그와 함께 장사되었나니 이는 아버지의 영광으로 말미암아 그리스도를 죽은 자 가운데서 살리심과 같이 우리도 또한 새 생명 가운데서 행하게 하려함이니라.

여기서 "합하여"와 "죽으심과 합하여"는 곧 죽음이 다시 재생을 의미한다고 볼 수 있다. 즉 과거, 현재, 미래를 초월했거나 합일되는 순간이라고 말할 수 있다. 엘리엇은 분명 과거임을 밝히기 위해 "once"라는 표현을 사용했지만 여기서 멈추지 않고 생각해 보라는 미래를 동시에 포함시키고 있다. 그리고 물에 의해 죽게 되면 무無의 상태, 다시 말해 물에 의해 죽음과 동시에 다시 물에 의해서 살아난다는 것이다. 그러므로 죽음이 곧 물, 이것이 다시 삶이라는 매우 역설적인 논리가 성립될 수 있는 것이다. 이 논리는 곧 현재는 미래와 합치되며 다시 정점에 이른다는 논리로 환언될 수 있을 것이다. 이는 또한 죽어가는 우리가 다시 가냘프게 연명하지만 또 다시 살아날 수 있는 기회는 다시 겨울이 되는 것이며 이런 어려운 연명의 모습은 다음과 같이 드러난다.

> 살아 있던 그분은 이미 죽었고
> 살아 있던 우리들 지금 죽어간다.
> 가냘픈 인내로 견뎌 보긴 하지만
>
> He who was living is now dead
> We who were living are now dying
> With a little patience. (*CPP* 72)

살아 있었던 그가 지금 죽었으며, 즉 예수는 살아 있었으나 지금은 죽어가며 살아 있었던 우리는 예수를 외면했기 때문에 지금 죽어간다는 것이다. "살아 있었던"이란 의식 속에서는 과거시제이지만 죽어버린 상태는 현재가 되며, 역시 살아 있었던 우리는 '과거'이며 지금 죽어가고 있는 것은 '현재'이다. 여기서는 특이하게 '과거와 현재'의 혼합만이 드러나며 미래는 나타나지 않는다. 이와 같은 사실들로 유추해볼 때 엘리엇은 시간의 이동 원리를 나타내기 위한 기제로서 화자의 의식의 이동을 이용한다는 사실을 알 수 있다.

4. 나오는 말

엘리엇의 『황무지』와 『네 사중주』는 엘리엇 자신에게는 걸작이지만 현대 영미시 전체로 시야를 확대해 보면 하나의 획을 그어 놓은 작품이라 할 수 있다. 특히 시간 개념을 연구할 경우 그 중심에 『네 사중주』가 있으며 주로 기독교적 시각에서 연구되었다. 그러나 본 연구에서는 『네 사중주』를 포함하여 『황무지』 속에서도 어떤 변화를 보이는지 살펴보았다. 이 두 작품을 통해 엘리엇의 시간의 이동 원리를 살펴볼 수 있다. 엘리엇은 물리적 시간과 형이상학적 시간 개념을 동시에 사용하면서 과거, 현재, 미래는 서로 교통하면서 동시에 교차된다는 사실을 보여주고 있다. 다시 말해 과거를 단순과거, 즉 현재와 완전히 단절된 과거, 현재를 역으로 과거와 미래와는 관련 없는 현재, 그리고 미래는 현재와 과거와 분리되어서는 존재할 수 없는 미래의 영역 속에 포함되어 있다고 주장한다. 그런데 흥미롭게도 엘리엇은 추상적 또는 형이상학적 시간개념을 단순히 형이상학적 규정에 머물지 않고 구체적 이미지나 이러한 이미지의 이동 모습을 통하여 나타낸다. 바로 그 이미지가 춤이나 로고스 그리고 가상의 시간과 실제의 시간의 합일점, 물리적 시간과 형이상학적 시간의 공존, 그리스도의 이미지 등으로 나타난다. 결국 복잡 다양한 시간의 개념이 교차점을 이루며 엘리엇은 의식적으로 또는 무의식적으로 이러한 정점 또는 교차점에 이르기를 원했다고 볼 수 있다. 즉 시간이란 연속적으로 이어진다는 원칙을 주장하면서도 그 주장의 합리화를 위해 엘리엇은 작품 속 화자의 의식의 이동 모습에 의존하고 있음을 알 수 있다.

* 이 글은 한국 T. S. 엘리엇학회의 학술지 『T. S. 엘리엇연구』(제24권 1호, 2014년) pp. 157-176에 게재된 것을 일부 수정했음을 밝힌다.

인용문헌

김재인. 「『네 사중주』에 나타난 엘리엇의 역사의식」. 『T. S. 엘리엇 연구』 13.2 (2003): 7-31.

이만식. 「시간의 공간화와 공간의 시간화: T. S. 엘리엇의 초기시를 중심으로」. 『T. S.엘리엇연구』. 12.1 (2002): 7-54.

이문재. 「일원론적 인식 틀과 "감수성의 통합" —낭만주의 전통에서 본 엘리엇」. 『영어영문학연구』 48.1 (2006): 207-31.

이창배. 『T. S. 엘리엇전집: 시와 시극』. 서울: 동국대학교 출판부, 2001.

이철희. 「엘리엇과 프루스트의 문학적 테마로서의 시간성에 대한 고찰」. 『현대영미시연구』. 15.1 (2009): 97-121.

조전래. 「엘리엇의 시: 기표의 좌절과 극복 —없음과 있음의 미학」. 『영어영문학연구』 51.1 (2009): 343-64.

최희섭. 「「번트 노튼」과 「이스트 코우커」에 나타난 엘리엇의 시간관」. 『동서비교문학저널』. (2003): 177-99.

Bergonzi, Bernard. ed, *T. S. Eliot: Four Quartets.* London: The Macmillan Press Ltd., 1969.

Bush, Ronald. *T. S. Eliot: A Study in Character and Style.* London: Oxford UP, 1983.

Callow, James T. and Robert J. Reilly. *Guide to American Literature: From Emily Dickinson to the Present.* New York: Barnes and Noble Books, 1977.

Cuddy, L. A. "Making a Space in Time: T. S. Eliot, Evolution and the Four Quartets." *Lund Studies in English* 86 (1993): 77-90.

Eliot. T. S. *The Complete Poems and Plays of T. S. Eliot.* London: Faber & Faber, 1978. (*CPP*로 표기함)

Ellmann, Maud. *The Poetics of Impersonality: T. S. Eliot and Ezra Pound.* Massachusetts: Harvard UP, 1987.

Frye, Northrop. *T. S. Eliot.* New York: Capricorn Books, 1972.

Gardner, Helen. *The Art of T. S. Eliot.* London: Faber and Faber, 1979.

Gish, N. K. *Time in the Poetry of T. S. Eliot: A Study in Structure and Theme.*

London: Macmillan Press Ltd., 1981.
Macrae, D. F. Alasdaire. *T. S. Eliot: The Waste Land.* London: Longman York Press, 1980.
Martin, Jay. ed, *The Waste Land: A Collection of Critical Essays.* New Jersey: Prentice-Hall, Inc., 1968.
Matthiessen. F. O. *The Achievement of T. S. Eliot: An Essay on the Nature of Poetry.* London: Oxford UP, 1976.
Moses, Omri. "Affecting Time: T. S. Eliot's "Burnt Norton."" *Soundings* 88.1-2 (2005): 129-152.
Robson, W. W. *Modern English Literature.* London: Oxford UP, 1984.
Scofield, Martin. *T. S. Eliot: The Poems.* London: Cambridge UP, 1988.
Sencourt, Robert. T. S. Eliot: A Memoir. London: Garnstone P, 1972.
Stephen, Martin. *An Introductory Guide to English Literature.* London: Longman, 1984.
Sullivan, Sheila. ed, *Critics on T. S. Eliot.* London: George Allen and Unwin, 1978.
Tamplin, Ronald. *A Preface to T. S. Eliot.* London: Longman Group Limited, 1988.
Traversi, Derek. *T. S. Eliot: The Longer Poems.* New York: Harcourt Brace Jovanovich, 1976.

엘리엇의 『네 사중주』와 라이프니츠의 단자론

1. 들어가는 말

엘리엇T. S. Eliot은 시인이기에 앞서 비평가이며 극작가로서도 최고의 명예를 차지했다. 그러나 이와 같은 명예에도 불구하고 그의 작품을 이해하고 감상하기란 결코 쉽지 않다는 평가가 지배적이다. 바로 그 난해한 원인 중 하나는 그의 작품이 담고 있는 독특한 철학적 내용 때문이라 할 수 있다. 이와 유사하게 "엘리엇은 콜리지S. T. Coleridge 이후 종합적 철학 체계를 완성한 최초의 시인(Douglass 재인용 355)"이며 "오든W. H. Auden은 철학을 시에 흡수시켰지만 엘리엇은 철학을 이용하여 시를 창작했으며"(Bergonzi 109) "『네 사중주』는 철학시라고 말할 수 있지만 그것은 철학이라기보다는 철학적 언어의 요소들로 구성되었다"(Scofield 197)는 등 다양하게 진단한다.

특히 그 철학적 내용의 중심에는 『네 사중주』*Four Quartets*가 자리 잡고 있다. 그래서 『네 사중주』와 철학과의 관계를 조명한 연구들이 지속적으로 출현하고 있다. 먼저 해외에서는 마틴 워너Martin Warner가 「철학시: 『네 사중주』의 경우」"Philosophical Poetry: The Case of *Four Quartets*"로 고찰했다. 워너는 이 연구에서 아우구스티누스Augustine의 『고백록』*Confessions*에 나타난 시간을 엘리엇의 『네 사중주』에 나타난 시간과 비교한다. 그리고 로버트 크로퍼드Robert Crawford는 「엘리엇과 미국철학: 하버드 시절」"T. S. Eliot and American Philosophy: The Harvard Years"로 연구했는데 그는 현대시의 선구자로 자리매김하기 이전의 엘리엇의 철학 사상을 특히 젊은 시절에 토대를 두고 연구했다. 이와 유사하게 국내에서도 엘리엇과 철학의 관계에 대한 연구가 출현했다. 먼저 김병옥이 「엘리엇의 시와 철학적 모티프의 도입」에서 엘리엇의 시에 나타난 철학관계를 살펴보았으며 김구슬은 「브래들리 철학의 관점에서 본 『네 사중주』」에서 엘리엇의 시를 브래들리적 관점에서 연구했는가 하면 정경심은 「브래들리 철학과 엘리엇의 몰개성시론」에서 브래들리 철학과 몰개성 시론의 상관성에 대해 연구한 바 있다. 이를 통해 국내외에서 엘리엇과 철학의 관계가 지속적으로 연구되고 있음을 알 수 있다.

알려진 것처럼 엘리엇은 자신의 박사학위 논문을 철학에 대한 연구로 완성했다. 그것이 바로 『브래들리 철학에서의 인식과 경험』*Knowledge and Experience in the Philosophy of F. H. Bradley*이다. 이 논문에서 엘리엇은 브래들리를 중심으로 아리스토텔레스Aristotle, 데카르트Descartes, 헤겔Hegel, 칸트Kant, 라이프니츠Leibniz, 로크Locke, 플라톤Plato, 러셀Russell, 스피노자Spinoza 등 다양한 철학자들을 동원하여 자신의 의견을 전개시킨다.[15]

본 연구는 이와 같이 다양한 철학자들 중에서 고트프리트 빌헬름 라이프니츠Gottfried Wihelm Von Leibniz의 철학 원리를 적용하여 엘리엇의 시를 읽어보고자 한다. 엘리엇 역시 라이프니츠에 대한 글을 작성한 바가 있는데 그것이 바로 「라이프니츠의 단자론의 전개」"The Development of Leibniz' Monadism"와 「라이프니츠의 단자론과 브래들리의 유한 중심」"Leibniz' Monadism and Bradley's Finite Centres"이며 이 글들이 『브래들리 철학에서의 인식과 경험』에 수록되어 있다(*KE* 177-207 참조).[16]

본 글을 완성하기 위하여 제2장에서는 라이프니츠의 대표적 철학이론이라 할 수 있는 단자론을 간략하게 살펴보고 제3장은 단자론을 엘리엇의 『네 사중주』에 적용시켜 보며 제4장은 제2장과 제3장을 토대로 결론을 맺어 보았다.

---

15) 상기 언급된 철학자들은 엘리엇의 『브래들리 철학에서의 인식과 경험』에 나타난 대표적인 철학자들 중 일부로, 색인(index)을 통해 언급했을 뿐이다.

16) 사실 이 두 가지의 글은 엘리엇이 1916년과 1918년 사이에 『일원론자』(*The Monist*)라는 잡지에 게재한 글이며(Moody 33) 이 글은 엘리엇의 『브래들리 철학에서의 인식과 경험』의 부록(appendix)에 수록되어 있다. 먼저 첫 번째 글인 「라이프니츠의 단자론의 전개」에서 엘리엇은 라이프니츠의 단자론은 브루노(Giordano Bruno), 마이모니데스(Moses Maimonides)와 아베로에스주의자들(Averrhoists)의 이론 등의 영향을 받아서 출현했을 것이며 무엇보다도 플라톤(Plato)에게서 가장 많은 영향을 받았을 것으로 보고 있다(*KE* 178-179). 그리고 두 번째 글인 「라이프니츠의 단자론과 브래들리의 유한중심」에서 엘리엇은 주로 라이프니츠의 단자들과 브래들리의 철학사이의 유사점을 찾아보고 있다. 이 둘 사이의 유사점을 엘리엇은 다음과 같이 네 가지로 분류한다. 1. 모나드들 사이의 완벽한 분리 2. 지식에 대한 회의론. 3. 모나드의 불멸성. 4. 표현상의 중요한 교리이다(*KE* 200).

2. 단자론에 대한 소고

라이프니츠는 "자립적으로 존재하는 실체를 모나드monad, 단자라고 불렀다"(프롤로프 224). 즉 우주 안에 존재하는 모든 사물은 그것이 생물체이든 무생물체이든 그 구성 요소를 모두 모나드라고 할 수 있다. 그러므로 우주 내의 모든 사물들은 각각의 모나드라고 할 수 있으며 이는 우리가 육안으로 관찰할 수 있는 것은 물론 관찰할 수 없는 것까지도 포함한다고 할 수 있다. 이런 관점에서 볼 때 우리가 살고 있는 이 우주 내에는 무수히 많은 모나드들이 존재하고 있다는 사실을 알 수 있다. 그러나 흥미롭게도 이렇게 다양한 모나드들은 "서로 다르고 독립해 있는 개체들이며 절대로 두 모나드가 같을 수는 없다"(철학교재연구회 111)고 한다. 그렇다면 이와 같이 각각의 특성이 다른 모나드들이 어떤 원리에 의해 우주만물이 큰 흔들림이나 변동 없이 조화를 보이는가라는 궁금증이 유발된다. 이 궁금증에 대해서 라이프니츠는 "모나드는 의식성의 수준에 따라 여러 등급으로 구분되며 등급을 매기는 기준을 바로 의식이라 한다"(서양근대철학회 172). 그러므로 실상 사물의 특성을 분류하는 것과는 달리 우리가 모나드를 육안으로 직접 관찰하기란 난해한 측면이 있음을 알 수 있다. 라이프니츠는 이와 같이 우주만물의 판단기준을 '의식'으로 설정하고 "맨 아래 단계에 무생물이 위치하고, 그 다음으로 식물과 동물 그리고 인간이 위치하며 맨 위 단계에는 최고의 모나드인 신이 위치한다"(이성택 226)고 한다. 즉 라이프니츠는 개별적 실체들을 각각 등급화 시키면서 등급 중에서 "최고의 정신적 실체는(를) 신"(한국철학연구회 100)으로 설정한다. 이를 통해 모든 사물의 이동원리의 중심에는 신이 존재하며 신이 우주만물을 관리하고 통제한다고 할 수 있다. 비록 모나드에는 창이 없어 서로 소통/

교통이 불가능하지만 "오직 신이라는 실체만이 분명한 의식의 빛으로 모든 존재자를 본다"(프롤로프 227)고 한다. 이와 같은 모나드의 특성은 "원자는 공간적 크기를 가지고 있어서 원칙적으로 분할이 가능하지만 단자모나드는 분리되지 않는 형이상학적 관점"(이병수, 우기동 177)이라는 물질의 성질과 비교하면 이해가 빠를 것이다. 이를 통해 물리적으로는 모나드들의 측정이 불가능하며 단지 추상적, 형이상학적 방법에 의해서만 모나드에 대한 설명과 이해가 가능하다는 사실을 알 수 있다. 좀 더 구체적으로 물질과 모나드들의 특징을 다음과 같이 비교할 수 있다.

> 물질적인 점인 원자는 더 쪼개어 질 수 있기 때문에 점이 아니며, 더 이상 쪼개어 질 수 없는 것은 수학적인 점인데 그것은 실제로 존재하지 않기 때문에 더 이상 쪼갤 수 없으면서 실재성을 갖는 점이란 결국 단자뿐이다. (강대석 249)

즉 원자가 단순히 하나의 점으로 설명될 수 있다면 모나드는 선line으로 정의될 수 있다. 이 논리는 엘리엇이 정의한 시간의 논리에 적용될 수 있다. 즉 엘리엇에게 있어 시간이란 하나의 동일 공간 속에 위치한 점이라기보다는 하나의 선, 다시 말해 출발과 끝이 연속적으로 이어져 있는 선이라고 볼 수 있다.[17]

또한 모나드는 의식 속의 연속적 활동체라고 할 수 있으며 그래서 "최하위의 모나드는 불분명하고 무의식적 표상을 지닌데 불과하지만, 인

---

17) 사실 엘리엇의 시간개념을 정의하기란 매우 난해하며 따라서 여러 가지 시각에서 연구되고 있다. 그러나 본 연구에서는 그것을 라이프니츠의 '선'적 개념에 초점을 맞추어 전개하며 제3장에서 자세히 언급할 것이다.

간의 정신과 같은 상위의 단자(모나드)는 의식을 소유하고 있으며 최상위의 단자인 신은 무한의 의식, (즉) 전지전능한 힘을 지니고 있다"(이병수 177)고 할 수 있다. 라이프니츠의 경우 모든 모나드는 신이라는 가장 높은 모나드에서 흘러 나왔다고 볼 수 있다. 물론 라이프니츠가 말하는 창조란 무에서 모든 것이 신의 의지로 창조되었다는 성서의 창조설보다는 플로티누스Plotinus의 유출설에 더 가깝다(강대석 251)고 한다. 신의 능력에 대한 라이프니츠의 설명을 보면 다음과 같다.

> 신에게는 모든 것의 근원인 그 능력이 있으며 개개의 관념을 포함하는 그 지식이 있으며 마지막으로 변화와 생성의 근원이며 최선의 가능한 원리에 따라 행위하는 그 의지가 있다. (샤하트 재인용 78)

위와 같이 신은 전지전능하며 개개의 관념, 즉 개별적 모나드에 대한 통찰력과 이들을 지배할 수 있는 무한한 능력의 소유자라고 할 수 있다. 다만 그 신의 능력이 미치는 범위 역시 우리의 육안으로는 식별이 어렵기 때문에 형이상학적 범주에 속한다고 할 수 있다. 그러나 부지불식간에 신의 능력은 늘 생동하고 있음에는 틀림없다는 사실을 부인해서는 안 된다. 다만 우리가 신의 행위 또는 운행을 시각적으로 관찰하는 데 어려움이 있을 뿐이다. 이는 "마치 아담 스미스Adam Smith의 신의 보이지 않는 손invisible hand에 의해 조화되리라는 경제적 자유주의의 형이상학적 표현을 엿보게 된다"(철학교재연구회 112)는 점과 유사하다.

지금까지 살펴본 바와 같이 라이프니츠는 우주만물을 모나드로 명명하며 각각의 모나드는 특징이 다르며 개별적 속성을 지니고 있다고 한다. 그리고 또한 그 각각의 모나드들은 등급으로 분류될 수 있으며 등급 중에 최고의 수위를 차지하는 것이 바로 '신'이라고 한다. 그러므로 신만은 모나드들을 통제할 수 있는 능력을 소유했다는 것이 라이프니츠의 중심 생각이다.

3. 최고의 단자로서의 신 그리고 엘리엇의 『네 사중주』와 시간

제2장을 통하여 모나드 중에 최고의 수위를 차지하는 것이 바로 '신'이라는 사실을 알 수 있다. 즉 신은 우주만물의 중심이자 우주만물을 지배하며 동시에 통제할 수 있는 능력의 소유자라고 할 수 있다. 그렇다면 이 논리는 엘리엇의 대표작 중 하나인 『네 사중주』에도 그대로 적용될 수 있다. 다시 말해 라이프니츠의 신은 곧 하나님, 엘리엇에 대입하면 로고스logos로의 변형이 가능하다. 그 한 예로 엘리엇은 라이프니츠의 등급분류체계에서 최상위에 위치한 신, 즉 로고스를 망각한 채 살아가는 현대인을 다음과 같이 묘사한다.

> 로고스가 공통적인 것임에도 불구하고 대부분의 사람들은 마치 자신만의 지혜를 가진 것처럼 생활한다.
>
> 올라가는 길과 내려가는 길은 하나이고 동일하다.
>
> Although the Word(Logos) is common to all, most people live as if each of them had a private intelligence of his own.
>
> The way up and the way down are one and the same. (Quinn 14)

첫 번째 제사epigraph에서 보듯 인간은 오직 자기 자신만의 지혜를 지닌 듯이 살아가는, 즉 로고스가 우주만물의 중심임에도 불구하고 이를 망각한 채 각각 자기의지대로만 살아가고 있는 현대인의 우행을 엘리엇이 지적하고 있다. 그러므로 최고의 모나드인 신이 최상의 단계에서 하위 단계의 모나드를 지배하고 통제한다고 볼 수 있으며 그래서 절대 권력을 지닌 모나드로서의 신은 올라가는 길이나 내려가는 길이나 통제할 수 있기 때문에 이 두 가지 종류의 길은 동일하다는 논리가 성립한다. 다시 말해 신은 시간과 공간을 동시에 통제할 수 있는 존재라고 할 수 있다. 위와 같은 논리를 좀 더 명확하게 이해하기위해서는 다음과 같은 도형을 보면 알 수 있다.

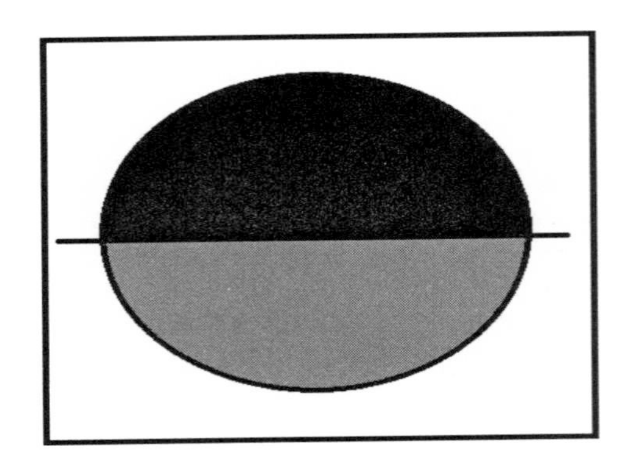

상위 반원과 하위 반원을 우리는 분리해서 볼 필요가 있다.[18] 먼저

18) 낸시 기쉬(Nancy Gish)는 「번트 노턴」에 나타난 시간 개념을 설명하기 위해 원(circle)을 예로 들고 있다. 그는 두 가지 종류의 이동 모습으로 설명하는데 하나는 원 내(內)의 움직임이며 다른 하나는 상하로 이동하는 원으로 구분하면서 「번트 노턴」에서는 상하로 이동하는 원이 유용하다고 설명한바 있다(100).

상위 반원에서 왼쪽에서 오른쪽으로 이동한다고 가정하면 시작점은 올라가는 길이 되지만 왼쪽 부분에서는 내려가는 길이 될 수 있다. 이와 마찬가지로 하부에 위치한 반원의 이동 모습 또한 유사한 논리가 성립된다. 즉 하부의 반원의 경우 왼쪽에서 오른쪽으로 이동하면 다시 내려가는 길에서 올라가는 길로 변환될 수 있다. 그러므로 "올라가는 길이 곧 내려가는 길"이 되고 역으로 "내려가는 길이 곧 올라가는 길"이 되는 것이다.

엘리엇이 주장하는 로고스는 하나의 정점인 동시에 바로 그 정점은 신의 동시성simultaneity을 함축한다(Smith 258)는 특징이 있다고 한다. 다시 말해 신의 우주만물의 임재성을 이야기한다고 볼 수 있는데 엘리엇에게 바로 이 순간이 "장미원"으로 나타난다.

> 연못은 마르고, 콘크리트는 마르고, 변두리는 갈색
> 햇빛이 비치자 연못은 물로 가득 찼고,
> 연꽃이 가벼이 가벼이 솟아오르며,
> 수면은 광심에 부딪쳐 번쩍였다.
> 그리고 그것들은 우리의 등 뒤에서 연못에 비치고 있었다.
> 그러자 한 가닥 구름이 지나니 연못은 텅 비었다.
> 가라, 새가 말했다. 나뭇잎 밑에 아이들이 가득
> 소란하게 웃음을 머금고 숨어 있었다.

> Dry the pool, dry concrete, brown edged,
> And the pool was filled with water out of sunlight,
> And the lotos rose, quietly, quietly,
> The surface glittered out of heart of light,

And they were behind us, reflected in the pool.
Then a cloud passed, and the pool was empty.
Go, said the bird, for the leaves were full of children,
Hidden excitedly, containing laughter. (*CPP* 172)

위에 나타난 "장미원에서의 경험은 『네 사중주』 전체의 기획과정에서 근본적으로 중요한 부분 중에 하나"(Traversi 103)로서 "장미원은 에덴동산을 말하는 것이며 여기에서는 인간의 사랑과 신의 사랑이 절묘하게 합일되는 경험의 순간이 되기도 한다"(김양수 284). 아울러 "장미원에서의 환상 속에 있는 순간은 영원성을 감지하는 것"(Dale 149)이란 분석도 있다. 종합해 보면 결국 시공간을 초월한 순간이 바로 장미원이라 할 수 있으며 또한 이 순간은 과거, 현재, 미래가 하나로 합치된 순간이라 할 수 있다.

앞서 제2장에서 살펴본 바와 같이 라이프니츠의 단자론의 특징 중 하나는 시간을 '선'적으로 설명할 수 있다는 것이다. 엘리엇 또한 시간을 연속적 성질의 선으로 표현한다.

현재의 시간과 과거의 시간은
아마 모두 미래의 시간에 존재하고
미래의 시간은 과거의 시간에 포함된다.
모든 시간이 영원히 현존한다면
모든 시간은 되찾을 수 없는 것이다.

Time present and time past
Are both perhaps present in time future
And time future contained in time past.

If all time is eternally present
All time is unredeemable. (*CPP* 171)

여기서 구분하고 있는 시간, 즉 과거, 현재, 미래라는 외관상 각각 구분을 지은 것처럼 보이는 단정적 명제들은 실상 물리학적으로 하나하나의 마디를 지닌 개별적 시간 단위처럼 보이지만—마치 종지부가 명확하게 설정된 것처럼 보이지만—엘리엇이 정의하는 시간이란 형이상학적으로 정의된 '선'에 해당할 수 있다. 쉽게 말해 엘리엇의 시간은 물리학이 발달하기 이전의 시간 구분에 해당하는 것으로서 이는 수평선이나 수직선상에서 정확한 종지부 없이 연속적으로 이어진 선으로 볼 수 있다. 엘리자베스 드루Elizabeth Drew 또한 엘리엇이 나타내고 있는 시간을 "연속"progression이라 정의했으며(152) 필립 휠라잇Philip Wheelwright은 이를 "수학적으로 순수한 점"a mathematically pure point이라고 명명한 바 있다 (Matthiessen 재인용 184). 이와 같은 진단으로 볼 때 엘리엇이 주장하는 시간이란 각각 과거, 현재, 미래의 개별적 시간 개념이 아닌 시간의 연속성을 의미한다는 사실을 알 수 있다. 이와 같은 '선'적 특징을 다음에서도 볼 수 있다.

끝은 없다. 다만 더해질 뿐. 결말은
더 많은 날과 시간이 꼬리를 잇댈 뿐.
가장 믿을만한 것이라고 믿었던 것이
깨어지는 와중에서 사노라면
정서는 정서 없는 세월을 더한다—
따라서 그것은 포기에 가장 알맞은 것.

There is no end, but addition: the trailing
Consequence of further days and hours,
While emotion takes to itself the emotionless
Years of living among the breakage
Of what was believed in as the most reliable-
And therefore the fittest for renunciation. (*CPP* 185)

위에서 보는 바와 같이 엘리엇은 시간의 개념을 '선'적으로 묘사하고 있다. 끝이라는 하나의 점은 다만 선에 또 하나의 연결선이 추가되어진 것에 불과하며 우리가 느끼는 결말이란 단지 덧대어진 선에 불과하다고 볼 수 있다. 즉 하나의 수평선 끝에 또 하나의 선이 연결된 형태라고 할 수 있다.

또한 연속적인 선의 개념으로서의 시간이 다음과 같이 나타난다.

과거의 시간과 미래의 시간
있을 수 있었던 일과 있었던 일은
한 끝을 지향하며 그 끝은 언제나 현존한다.

Time past and time future
What might have been and what has been
Point to one end, which is always present. (*CPP* 172)

한편으로 보면 물리적으로 계산할 수 있는 과거와 미래의 시간 개념 그리고 있을 수 있었던 것, 즉 과거의 가능성과 실제로 과거에 있었던 것은 모두가 결국 한끝을 향하며－이것 또한 결국 선으로 표시하면 하나의 연결선에 불과하다고 볼 수 있다—역시 그 끝은 "항상 현존"한다는 것이다. 여기서 항상 현존한다는 주장을 통하여 시간적으로 과거와 미래, 그리고 과거의 가능성과 실제 과거에 있었던 일 모두는 결국 현재와 연결된다는 사실을 알 수 있다. 즉 이 모든 시간은 현재와 지속적으로 연결되어 있는 선에 불과하다는 것이다. 특히 여기에 나타난 "끝"end에 대하여 헬렌 가드너Helen Gardener는 "종지termination란 일상적인 의미를 능가하지만 실제로 우리는 그 의미의 정확성을 확신할 수 없다"(52)고 주장하여 엘리엇의 시간 개념에 대한 이해의 난해성을 이야기하지만 앞서 하나의 '연속'으로 정의한 드루의 진단과 유사함을 알 수 있다. 즉 엘리엇의 시간에 있어서의 '끝'이란 정확히 한계점이 있는 점이 아니라 또 다른 시작이 될 수 있는 것이다. 그래서 엘리엇은 다음과 같은 논리를 펼친다.

> 우리가 시작이라고 부른 것은 흔히 끝이고
> 끝을 맺는 것은 시초를 만드는 것.
> 끝은 우리가 출발한 그 곳.
>
> What we call the beginning is often the end
> And to make an end is to make a beginning.
> The end is where we start from. (*CPP* 197)

우리는 위에서도 시간의 '선적' 의미를 볼 수 있다. 그 예로 우리가 첫 시작이라고 부르는 것은 끝이라 할 수 있고, 다시 말해 시작이 곧 끝이라는 주장을 통해서 우리는 수평선의 시작과 끝이 서로 연결되어 있음을 알 수 있고, 이 논리는 다시 '끝을 맺는 것' 또한 '시작을 만드는 것'이

되며 결국 끝은 또 다른 시작으로서 '우리가 출발한 곳'이 되는 것이다. 이와 유사한 논리를 엘리엇은 "나의 시작에 나의 끝이 있다"(In my beginning is my end. *CPP* 177)고 단정하기도 한다.

또한 엘리엇은 '종소리'라는 이미지를 사용해서 이와 유사한 논리를 보여 주기도 한다.

소리 없이 쌓이는 안개 밑에서
울리는 종은
우리의 시간이 아닌 시간을 재는 것이다. 유유히 움직이는,
거대한 파도에 울리는 그 시간은
시계의 시간보다 오랜 시간, 뜬 눈으로 누워
초조히 가슴 태우는 여인들이 세는 시간보다
더 오랜 시간. 그들이 누워서 미래를 계산하고,
과거와 미래를 풀고 끄르고 헤치고
다시 이으려고 노력하는 시간보다.
한 밤중과 새벽 사이에 그때에 과거는 모두 거짓이 되고,
미래에는 미래가 없다. 그것은 새벽 오경 전,
시간이 멈추고 시간이 끝이 없는 그 때.
현재 있는 그리고 태초부터 있어 온 거대한 파도는
종을
울린다.

And under the oppression of the silent fog
The tolling bell
Measures time not our time, rung by the unhurried
Ground swell, a time

Older than the time of chronometers, older
Than time counted by anxious worried women
Lying awake, calculating the future,
Trying to unweave, unwind, unravel
And piece together the past and the future,
Between midnight and dawn, when the past is all deception,
The future futureless, before the morning watch
When time stops and time is never ending;
And the ground swell, that is and was from the beginning,
Clangs
The bell. (*CPP* 185)

파도가 울려대는 종소리의 무한함, 즉 종소리가 의미하는 시간은 실제적으로 우리가 물리적으로 측정할 수 있는 시간의 범주가 아니다. 다시 말해 "「번트 노턴」에 나타난 시간이란 크로노스chronos와는 구별되는 성경적 의미의 카이로스kairos를 의미하거나"(Frye 83), "엘리엇에게 모든 시간은 카이로스와 크로노스라는 두 가지 시간이 공존하게 된다"(Dale 143)고 할 수 있다. 요약하면 과거, 현재, 미래가 명확하게 분리될 수 없는 시간 개념으로서 엘리엇에게 "시간이란 변화의 영역이지만 무시간timeless에 속한 것으로서의 로고스를 나타내고 있다"(Williamson 209)고 할 수 있다. 그래서 엘리엇은 이를 "시계의 시간보다 더 오랜 시간"이라 표현하여 여인들이 과거, 현재, 미래를 계산하려는 시간의 개념과는 차이가 있음을 나타내고 있다.[19)]

---

19) 또한 이와 유사하게 엘리엇이 비록 개인적 추억에서 종소리를 언급했지만 사실 이 종소리는 개인적 추억을 능가해서 무시간적 조화(timeless order)에 돌입하기 위한

또한 엘리엇은 이러한 '선'적 연속체로서의 시간을 나열하면서도 현재의 중요성을 언급하기도 한다.

> 곡조가 계속되는 동안의 바이올린의 고요가 아니라.
> 단지 그것만이 아니라, 그것과의 공존.
> 아니 끝이 시작에 앞서고,
> 시작의 앞과 끝의 뒤에,
> 끝과 시작이 언제나 거기 있었다고 말할까
> 그리고 모든 것은 항상 현재다.
>
> Not the stillness of the violin, while the note lasts,
> Not that only, but the co-existence,
> Or say that the end and the beginning were always there
> Before the beginning and after the end.
> And all is always now. (*CPP* 175)

끝과 시작이 언제나 거기 있었다는 것은 이미 시작과 끝은 동시에 공존하고 있음을 내포하는 것이다. 즉 하나의 '선' 위에 시작과 끝이 함께 연결되어 있는 것이다. 그러므로 시작과 끝을 구분한다는 것 자체가 무용하다는 사실을 알 수 있다. 그래서 모든 것은 "항상 현재"가 되는 것이다. 다시 말해 과거, 현재, 미래를 구분하는 것은 그만큼 무용하며 과거와 미래를 구분하는 기준은 항상 현재가 되는 것이다. 즉 현재를 기준으로 과거와 미래는 지속적으로 이어진 선의 형태를 보인다고 할 수 있다.

이러한 시간의 '선'적 특징을 엘리엇은 '기도'라는 이미지를 사용하기

수단으로 배열되었다(Staudt 120)고 보는 견해도 있다.

도 한다.

그대는 기도하러 온 것이다.
기도가 유효했던 이곳에서. 기도는
말의 순서 이상의, 기도하는 정신의
의식적 행위 또는, 기도하는 목소리의 음향 이상의 것이다.
그리고 죽은 자가 살았을 때 말 못 했던 것을
죽어서는 그대에게 말할 수 있는 것이다. 죽은 자의 통화는
산 자의 언어 이상으로 붙어 나올 것이다.
무시간의 순간이 교차하는 이곳은
영국이면서 동시에 장소가 아니고, 있은 일이 없으면서 언제나 있다.

You are here to kneel
Where prayer has been valid. And prayer is more
Than an order of words, the conscious occupation
Of the praying mind, or the sound of the voice praying.
And what the dead had no speech for, when living,
They can tell you, being dead: the communication
Of the dead is tongued with fire beyond the language of the living.
Here, the intersection of the timeless moment
Is England and nowhere. Never and always. (*CPP* 192)

기도는 말의 순서를 능가하는, 즉 이는 물리적인 시간 개념으로서의 과거도 아니고 미래도 아니며 그렇다고 단순히 현재에 국한된 것만도 아니다. 그 이유는 "기도하는 의식 행위" 또는 "기도하는 목소리의 음향을 능가"했기 때문이다. 그래서 기도하는 순간이란 과거, 현재, 미래가 하나의

수직선상의 어느 한 점에 정확하게 합치된 순간이 되면서 이는 하나님과의 소통의 순간이라고 할 수 있다. 좀 더 부연하면 죽은 자가 살았을 당시 말 못했던 것을 역설적으로 죽어서는 당신에게 말할 수 있는 것은 삶(현재)보다 죽음(미래)에 더 강한 의미를 부여한다고 볼 수 있으며 이를 증명하기 위하여 엘리엇은 "죽은 자의 통화가" 오히려 "산 자의 언어 이상으로 불어나오게 된다"고 한다. 그래서 기도의 순간은 시간을 초월한 앞서 언급한 과거, 현재, 미래가 하나의 선의 연속체이듯이 시간을 초월한, 무시간의 순간이 교차하는 곳이 되는 것이다.

한편 엘리엇은 라이프니츠의 최고의 모나드인 신의 존재가 사라진 모습을 다음과 같이 나타낸다.

이것은 죽음의 나라
이것은 선인장의 나라
여기에 돌의 우상들이
세워지고, 여기에서 그것들이
죽은 이의 손의 애원을 받아들인다.
빛 꺼지는 별의 반짝임 밑에서

This is the dead land
This is cactus land
Here the stone images
Are raised, here they receive
The supplication of a dead man's hand
Under the twinkle of a fading star. (*CPP* 84)

20세기 현대세계의 모습이 매우 사실적으로 표현되어 있다. 20세기 현대세계는 죽음의 나라인 동시에 선인장의 나라이며 돌의 우상들이 세워지는 매우 허무한 나라임을 나타낸다. 그러나 엘리엇은 이렇듯 20세기 현대세계를 허무하다고 진단하면서도 결국 치료책을 제시한다. 바로 라이프니츠의 최고의 모나드인 신에 의한 치료책을 엘리엇이 강구한다.

온 지상은 우리의 병원이다.
파멸한 갑부가 물려준
그 속에서 우리의 건강이 튼튼 하자면
우리는 우리를 버리지 않고, 도처에서 우리를 보호하는
절대적인 아버지의 간호로써 죽어야 할 것이다.

The whole earth is our hospital
Endowed by the ruined millionaire,
Wherein, if we do well, we shall
Die of the absolute paternal care
That will not leave us, but prevents us everywhere. (*CPP* 181)

지구 전체가 우리의 병원으로서 반드시 치료되어야 할 당위성을 이야기하는데 우리가 건강을 유지하기 위해서는 절대적 아버지의 간호 이는 바로 예수 그리스도로의 회귀 또는 기독교 신앙으로의 복귀를 의미한다. 그런데 예수는 결코 우리를 져버리지 않을 것이며 각 처에서 우리를 돌보고 있는 모습을 통해 기독교로의 회귀만이 유일한 살길임을 제시하고 있다.

그러나 한편으로 라이프니츠가 우주만물의 판단기준을 의식이라 주장한 것과 관련해서 의식과 정신현상과의 관계를 다음과 같이 진단할 수 있다.

> 라이프니츠는 의식만으로 정신현상을 설명할 수 없고, 아니 오히려 의식하려고 하는 것은 정신의 본성이므로 정신의 근원성을 캐어물으면 그것은 도리어 의식하려는 노력, 혹은 힘으로서 극히 낮은 정도의 의식 상태에 있는 정신이라고 이해할 수밖에 없을 것이다. 라이프니츠는 이와 같은 상태에서 정신이 일하는 것을 미소표상(微少表象, little perceptions)이라 불렀다. (이정복 94-95)

즉 강제적으로 의식하려고 하는 것은 오히려 적절한 의식에 방해가 되거나 충분한 의식 활동이 어렵다는 이야기이다. 다시 말해 인위적으로 의식을 행하려는 것은 적은 의식이라 할 수 있는데 엘리엇 또한 이와 유사하게 "적은 의식"이라는 표현을 사용한다.

> 과거의 시간과 미래의 시간은
> 적은 의식 밖에 허용치 않는다.
> 의식한다는 것은 시간 안에 있지 않다.
> 그러나 장미원에 있는 순간과
> 비가 내려치는 정자 밑에 있는 순간과
> 저녁연기 오를 때 바람 잘 통하는 교회에 있는 순간은
> 다만 시간 안에서 기억될 뿐이다. 그것이 과거와 미래에 연결되어
> 시간은 시간을 통하여서만 정복된다.

> Time past and time future
> Allow but a little consciousness.

To be conscious is not to be in time
But only in time can the moment in the rose-garden,
The moment in the arbour where the rain beat,
The moment in the draughty church at smokefall
Be remembered; involved with past and future.
Only through time time is conquered. (*CPP* 173)

즉 과거의 시간과 미래의 시간을 명확하게 구분한다는 것은 확실히 의식의 범주에 속하지 않는다는 다시 말해 물리적 시간의 개념 규정의 무용함을 이야기하며, 그래서 '의식'한다는 것 자체는 역설적으로 시간의 범주에 들어가지 않는 것이다. 그러나 바로 의식적으로 시간 안에－시각적으로 계산 가능한 시간－있는 순간이 "장미원에 있는 순간"이며, "정자 밑에 있는 순간"이고 "교회에 있는 순간"이 되는 것이다.

4. 나오는 말

지금까지 라이프니츠의 단자론을 적용하여 엘리엇의 시를 감상해 보았다. 라이프니츠는 우주만물은 모나드로 구성되어 있으며 그 모나드 중에 최고의 위치를 차지하는 존재를 신이라 불렀다. 실상 각각 모나드들 사이에는 창이 존재하지 않아 서로 소통이 불가능하지만 각각 모나드의 행위나 이동은 신에 의해 통제되기 때문에 우주만물이 조화된다고 볼 수 있다. 그런데 라이프니츠의 이와 같은 모나드들의 구성원리나 이동원리가 엘리엇의 시에도 반영되어 있다. 엘리엇에 의하면 시간이란 라이프니츠의 최고의 모나드인 신을 중심으로 이동한다고 볼 수 있다. 그래서 신이 중심에서 우주만물을 통제한다는 점에서 실제로 우리가 일상생활의 기준이 되는 과거와 현재와 미래라는 시간의 구분은 수평선이나 수직선에 연결된 하나의 '선'적 구조를 보인다고 할 수 있다. 다시 말해 엘리엇은 시간을 물리적 기준이 아닌 형이상학적 기준에 의존하여 분류한다. 또한 엘리엇은 라이프니츠의 모나드 중 최고의 위치를 차지하고 있는 신에 대한 부재를 안타까워하며 이에 대한 치료책 역시 신을 통하여 가능함을 역설하고 있다.

* 이 글은 한국영미어문학회의 학술지『영미어문학』(제116호, 2015년) pp1-18에 게재된 것을 일부 수정했음을 밝힌다.

인용문헌

강대석. 『서양근세철학: 베이컨에서 칸트까지』. 서울: 서광사, 1985.

김구슬. 「브래들리 철학의 관점에서 본 『네 사중주』」. 『T. S. 엘리엇 연구』 1 (1995): 233-263.

김병옥. 「엘리엇의 시와 철학적 모티프의 도입」. 『T. S. 엘리엇연구』 11 (2001): 7-13.

김양수. 『T. S. 엘리엇의 시와 사상: 기독교를 중심으로』. 서울: 한신문화사, 1995.

샤하트, R. 『근대철학사: 데카르트에서 칸트까지』. 정영기, 최희봉 옮김. 서울: 서광사, 1977.

서양근대철학회. 『서양근대철학』. 서울: (주)창작과 비평사, 2001.

이병수, 우기동. 『철학의 철학사적 이해』 서울: 도서출판 돌베개, 1991.

이정복, 『서양철학사의 이해: 현대철학의 형이상학적 조명』. 서울: 지평문화사, 1996.

이창배. 『T. S. 엘리엇전집』. 서울: 동국대학교 출판부, 2001.

정경심. 「브래들리 철학과 엘리엇의 몰개성시론」. 『T. S. 엘리엇연구』 1 (2007): 127-152.

철학교재연구회. 『철학개론』. 서울: 학문사, 1986.

프라이, 노스럽. 『T. S. 엘리엇』. 강대건 옮김, 서울: 탐구신서, 1979.

프롤로프, N. T. 『철학교과서 1』. 이성백 옮김, 서울: 사상사, 1990

한국철학연구회, 『철학개론』. 서울: 형설출판사, 1986.

Bergonzi, Bernard. ed., *T. S. Eliot: Four Quartets*. London: The Macmillan Press Ltd., 1969.

Crawford, Robert. "T. S. Eliot and American Philosophy: The Harvard Years."(Book Review) *The Modern Language Review* 90.1 (1995): 163-164.

Dale, Alzina Stone. *T. S. Eliot: The Philosopher Poet*. Illinois: Harold Shaw Publishers, 1988.

Douglass, Paul. "Bergson, Eliot, and American Literature." *The Yearbook of English Studies*, Jan 1 (1989): 355-356.

Drew, Elizabeth. *T. S. Eliot: The Design of His Poetry*. New York: Charles

Scribner's Sons, 1949.
Eliot, T. S. *The Complete Poems and Plays of T. S. Eliot.* London: Faber and Faber, 1978. (Abbreviated as *CPP*)
_________. *Knowledge and Experience in the Philosophy of F. H. Bradley.* New York: Farrar, Straus and Company, 1964. (Abbreviated as *KE*)
_________. *T. S. Eliot: Writers and Critics.* New York: Carpricorn Books, 1972.
Gardner, Helen. *The Art of T. S. Eliot.* London: Faber and Faber Limited, 1979.
Gish, Nancy K. *Time in the Poetry of T. S. Eliot.* London: The Macmillan Press Ltd., 1981.
Matthiessen, F. O. *The Achievement of T. S. Eliot: An Essay on the Nature of Poetry.* London: Oxford UP, 1976.
Moody, ed., *The Cambridge Companion to T. S. Eliot.* London: Cambridge UP, 1994.
Quinn, Maire A. *T. S. Eliot: Four Quartets.* London: Longman York Press, 1982.
Scofield, Martin. *T. S. Eliot: The Poems.* London: Cambridge UP, 1988.
Smith, Grover. *T. S. Eliot's Poetry and Plays: A Study in Sources and Meaning.* Chicago: U of Chicago P, 1974.
Staudt, Henderson. "The Language of T. S. Eliot's *Four Quartets* and David Jones's *The Anathemata.*" *Kathleen Renascence* 38.2 (1986): 118-130.
Traversi, Derek. *T. S. Eliot: The Longer Poems.* New York: Harcourt Brace Jovanovich, 1976.
Warner, Martin. "Philosophical Poetry: The Case of *Four Quartets.*" *Philosophy and Literature* 10.2(1986): 222-245.
Williamson, George. *A Reader's Guide to T. S. Eliot: A Poem by Poem Analysis.* New York: The Noonday Press, 1953.

엘리엇의 「번트 노턴」 읽기: 물체의 진자운동과 원심력 운동의 구상화

---

1. 들어가는 말

엘리엇T. S. Eliot의 『네 사중주』*Four Quartets*는 "가장 포괄적인 동시에 가장 난해한 종교시"(Callow 86)라는 평가에서 보듯 올바른 이해와 감상에 어려운 측면이 있다. 그러나 감상의 난해성에도 불구하고 『네 사중주』는 많은 이들의 지속적인 관심과 더불어 엘리엇의 시적 완숙미를 최대로 보여준 걸작이다. 제목이 암시하는 바와 같이 실내악을 연상시키는 동시에 작품의 내용이 종교와 밀접하게 관련되어 있기 때문에 기독교와 불교 그리고 신비주의와 관념주의 등 다양한 시각에서 『네 사중주』를 연구한다. 게다가 『네 사중주』의 제사epigraph에 나타난 철학적 내용으로 인해 베르그송Henri Bergson, 니체Friedrich Nietzsche, 브래들리F .H. Bradley, 헤라클레이토스Heraclitus, 아리스토텔레스Aristotle 등과 관련된 연구들도 출현했다.

이와 같이 다양한 연구의 가능성 때문에 그에 따른 결과 또한 매우 다양하다. 그동안 『네 사중주』와 철학과의 관계에 대한 특징적인 연구들을 살펴보면 다음과 같다. 먼저 해외에서는 가장 최근인 2014년에 리온Rosanna Rion이 「엘리엇의 묘사적 시들」"T. S. Eliot's Ekphrastic Poems"이라는 연구를 통하여 미술기법과 시 사이의 관계를 연구했고 2013년에는 래빈나Jurate. Levina가 「명명할 수 없는 것 말하기: 엘리엇의 『네 사중주』에 나타난 감각적 현상학」"Speaking the Unnameable: A Phenomenology of Sense in T. S. Eliot's *Four Quartets*"이란 연구에서 『네 사중주』에 표현된 언어를 주로 후설Husserl의 철학개념과 비교한 바 있다.

또한 워너Martin Warner는 1986년에 『네 사중주』와 철학의 관계를 「철학 시: 『네 사중주』의 경우」"Philosophical Poetry: The Case of *Four Quartets*"로 고찰했다. 워너는 이 연구에서 시와 철학의 관계를 고찰하면서 철학은 다양한 방식으로 시와 상호작용할 수 있다며 특히 아우구스티누스Augustine의 『고백록』*Confessions*에 나타난 시간과 엘리엇의 『네 사중주』에 나타난 시간을 비교 · 분석한다. 또한 아서Lewis Artur O는 1949년에 「엘리엇의 『네 사중주』: 「번트 노턴」 제IV부」"Eliot's Four Quartets: "Burnt Norton", IV"로 연구한 바 있는데 아서 역시 이 연구에서 그동안 『네 사중주』에 대한 연구는 프레스톤Raymond Preston, 웅거Leonard Unger, 가드너Helen Gardner 등에 의해서 다양하게 수행되었음을 인정한다. 또한 『네 사중주』는 엘리엇 시의 정상이며 심지어 이데올로기ideology라고 단정하기도 한다. 그 예로 쿠퍼John Xiros Cooper는 『엘리엇과 『네 사중주』의 이데올로기』*T. S. Eliot and the Ideology of Four Quartets*라는 저서에서 엘리엇의 생애와 그의 작품과의 관계를 비교적 상세히 연구했다.

이와 같은 해외의 다양한 연구와 병행하여 국내의 연구 또한 지속되고 있다. 최근 2013년에 손기표는 「연금술과 『네 사중주』」로 연구했으며 그리고 2012년에는 김경철이 「『네 사중주』와 성경시학: 역사의 신화화」에서 성경과 『네 사중주』와의 관계를 연구했다. 그리고 서광원은 2009년에 「엘리엇의 『네 사중주』: 확장된 장미정원의 노래」로 연구했고, 2008년에는 이종철이 「엘리엇의 『네 개의 사중주』에 있어서의 인식과 표현: 불교, 음악과 포스트모던적 글쓰기」를 통하여 『네 사중주』에 나타난 불교와 음악 그리고 포스트모던적 글쓰기 형식을 연구했다.

그러나 중요한 것은 『네 사중주』를 이와 같이 다양한 시각에서 연구했음에도 불구하고 제1악장인 「번트 노턴」만을 집중 조명한 연구는 현재까지 수행되지 않았다. 특히 물리학에서 이용하는 진자운동을 적용해서 『네 사중주』를 접근한 연구는 수행되지 않은 것으로 보인다. 그래서 필자는 『네 사중주』 중 「번트 노턴」을 통해 엘리엇이 정의하고 있는 시간 개념을 물리학에서 이용하는 진자운동에 대입하여 살펴보았다.[20)]

20) 필자가 이미 『네 사중주』 전체 악장들, 즉 첫 번째 사중주인 「번트 노턴」을 비롯하여, 「이스트 코우커」("East Coker")와 「드라이 샐비지즈」("The Dry Salvages") 그리고 「리틀 기딩」("Little Gidding")을 통하여 헤라클레이토스의 철학원리 및 우주 속 사물의 이동 원리와 비교하여 대략적으로 연구한 바 있다. 그러나 본 글은 『네 사중주』의 첫 번째 사중주인 「번트 노턴」만을 선정하여 물리학에서 사용하는 진자운동의 원리에 대입하여 첫 도입부부터 종결부에 이르기까지 집중적으로 조명해 보았다. 이 연구를 통하여 「번트 노턴」만도 물리학에서 사용하는 진자운동의 적용이 가능하다는 사실을 알 수 있었다.

2. 「번트 노턴」과 진자운동

엘리엇의 『네 사중주』를 감상하기 위해서는 「번트 노턴」의 도입부에 정의된 시간개념을 간과해서는 안 된다. 그 이유는 첫 3행이 「번트 노턴」은 물론 『네 사중주』 전체의 축소판이 될 수 있기 때문이다.

> 현재의 시간과 과거의 시간은
> 아마 모두 미래의 시간에 존재하고
> 미래의 시간은 과거의 시간에 포함된다.[21]

> Time present and time past
> Are both perhaps present in time future
> And time future contained in time past. (*CPP* 171)[22]

위에서 보는 바와 같이 대립과 모순처럼 규정된 시간의 논리를 우리는 먼저 고찰해야 한다. 우선 이와 같은 시간 개념을 이해하기 위해서는 제사의 의미를 간략하게 살펴볼 필요가 있다. 제1제사의 핵심은 로고스 Logos이며 제2제사는 제1제사의 응용이라 할 수 있다.[23] 그런데 이 두 제

---

21) 본 글에서 우리말 번역은 이창배의 『T. S.엘리엇 전집』(동국대학교 출판부. 2001)을 참조했으며 일부 수정하였음을 밝힌다.

22) T. S. Eliot, *The Complete Poems and Plays of T. S. Eliot* (London: Faber and Faber, 1978)을 사용하였으며 이하에서 이 책의 인용은 *CPP*와 쪽수로 표기함.

23) 그 두 개의 제사는 다음과 같다. 첫째는 "로고스가 공통적인 것임에도 불구하고 대부분의 사람들은 마치 자신의 지혜를 가진 것처럼 생활한다"(Although the Word (Logos) is common to all, most people live as if each of them had a private intelligence of his own.)이며, 둘째는 "올라가는 길과 내려가는 길은 하나이고 동일

사는 로고스가 중심축이라면 상승로나 하강로 모두가 동일하다는 논리가 성립된다. 그러나 우리는 '동일하다'는 표현을 '합일된' 또는 '일치된'이란 표현과 동일한 것으로 간주해서는 안 된다. 엘리엇의 이와 같은 시간 개념을 이해하기 위해서는 물체의 진자운동의 원리에 대한 이해가 필요하다.

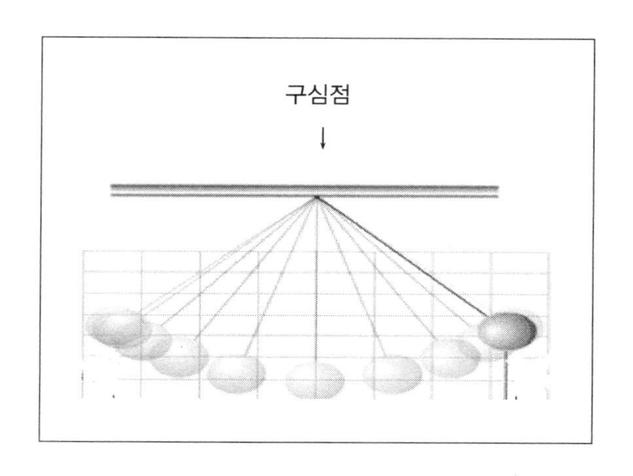

그림에 나타난 상부의 구심점을 로고스라고 할 수 있고 하부의 원추들은 우리가 물리적으로 구분해 놓은 과거, 현재, 미래의 시간 다시 말해 각각 물리적으로 구분해 놓은 개별적 시간 개념들이라 할 수 있다. 그러면 상부의 구심점에 위치한 로고스는 항상 그 자리에 고정된 채 하부의 원추들만 이동이 가능하다는 논리가 성립한다. 즉 하부의 원추들은 비록 그 폭이 일정치 않을지라도 좌우로 이동하겠지만 언제나 그 중심에는 구

하다"(The way up and the way down are one and the same.)(Quinn 14)이다.

심점이 존재한다는 것이다. 그러므로 엘리엇이 설령 반어적 또는 역설적으로 시간을 정의했다고 하지만 실제적으로는 논리적 또는 합리적으로 시간을 규정했다고 할 수 있다. 만약에 위 그림에서 하부의 원추들이 시/공간적으로 영원히 한 곳에 고정되어 있다면 상부의 핵심 축 또한 단순히 무생물이거나 고정되어 버린 물체처럼 사실상 이동하지 않을 것이다. 이 논리를 엘리엇은 좀 더 명확하게 규정한다.

> 모든 시간이 영원히 현존한다면
> 모든 시간은 되찾을 수 없는 것이다.
> 있을 수 있었던 일은 하나의 추상으로
> 다만 사색의 세계에서만
> 영원한 가능성으로 남는 것이다.

> If all time is eternally present
> All time is unredeemable
> What might have been is an abstraction
> Remaining a perpetual possibility
> Only in a world of speculation. (*CPP* 171)

이와 같은 엘리엇의 시간에 대한 형이상학적 논리를 우리는 면밀하게 관찰할 필요가 있다. 즉 "모든 시간이 영원히 현존한다면" 그것은 역시 살아 있는 시간, 다시 말해 영원히 현재라는 시간만 존재하게 될 것이다. 그러므로 시간과 공간 속에서 모든 시간이 현존한다면 그 시간은 생명력을 상실하게 될 것이며 이것이 다시 되찾아지거나 이동할 가능성은 없다는 논리가 가능하다. 그러므로 그림에서 보는 바와 같이 물리적 시간의 이동은 외관상 고정되어 보이는 구심점이 존재할 때에 한해서만 그 생명력을 유지할 수 있는 것이다. 이를 통해 우리는 엘리엇의 시간은 물체의 진자운동을 통해서 논리적으로 설명될 수 있음을 알 수 있다. 그런데 엘리엇이 시간을 네 가지, 즉 과거의 시간, 현재의 시간, 미래의 시간 그리고 영원한 시간으로 분류한다(Levina 201)는 점이 흥미롭다. 결국 엘리엇은 이 네 가지 시간의 이동관계를 면밀히 보여준다고 할 수 있으며 이를 다음과 같이 재차 강조한다.

> 있을 수 있었던 일과 있어왔던 일은
> 한 점을 향하고, 그 점은 항상 현존한다.
>
> What might have been and what has been
> Point to one end, which is always present. (*CPP* 171)

우리는 위와 같은 논리를 단순히 해설적 또는 묘사적 표현이라고 규정해서는 안 된다. 그 이유는 이 단 2행은 엘리엇이 주장하는 시간 개념의 총체이며 첫 번째 중주곡인 「번트 노턴」에서 마지막 「리틀 기딩」에 이르기까지 전체의 주제를 포함하고 있기 때문이다. 여기서 우리는 "있을 수 있었던 일"과 "있어 왔던 일"을 먼저 유념할 필요가 있다. 즉 있을 수 있었던 일은 시간적으로 '과거라기보다는 과거의 가능성'을 의미하고 있어 왔던 일은 출발점이 과거이지만 현재까지 지속되고 있는 동작의 연속이라 할 수 있다. 엘리엇이 과거의 가능성과 현재까지의 지속성을 이와 같이 변형하였지만 그 시간은 모두 한 점을 향하고 있으며 역시 그 한 점이란 "구심점"으로 볼 수 있다(추후 "정점"still point으로 구체화 되어 있음). 그리고 그 한 점이 변하지 않음을 강조하기 위해서 "항상 현존한다"고 주장한다. 변형하면 앞선 그림에서와 같이 구심점은 항상 제자리에 있다는 논리가 성립할 수 있다. 그래서 위와 같은 시간 논리에 이어서 엘리엇은 "장미원"rose-garden, "우리가 결코 열지 못했던 문"the door we never opened, "최초의 세계"our first world, "장미"lotos rose, "아이들의 웃음"children's laughter(*CPP* 171–72) 등과 같은 구심점을 나타내는 이미지를 사용한다. 그리고 「번트 노턴」의 제I부의 최종부는 다시 시간의 논리에 대한 정의로 마무리된다.

> 과거의 시간과 미래의 시간
> 있을 수 있었던 일과 있어왔던 일은
> 한 끝을 지향하며 그 끝은 언제나 현존하다.

> Time past and time future
> What might have been and what has been
> Point to one end, which is always present. (*CPP* 172)

지금까지 살펴보았듯이 엘리엇은 시간 개념을 강조하기 위해서 제I부에서만 위와 같은 논리를 3회에 걸쳐 사용한다. 이를 통해 우리는 시간 정의에 엘리엇이 많은 관심을 보였음을 알 수 있으며 그는 이 개념을 설명하기 위해서 "과거의 시간"과 "미래의 시간"을 비교하면서 또한 "있을 수 있었던 일"과 "있어왔던 일" 등을 이용하여 마치 구심점이 변하지 않는 것과 같이 "언제나 현존"하게 된다는 논리를 펼치고 있다.

그러나 제II부의 도입은 제I부와는 달리 시간에 대한 정의로 전개되지 않고 오히려 시간 이동의 구체화 또는 이동작용 원리의 실재라고 할 수 있다.

> 진흙 속에서 마늘과 청옥은
> 파묻힌 차륜에 엉겨 붙는다.
> 피 속에서 떨리는 전선은
> 만성의 상처 밑에서 노래하며
> 오래 망각된 전쟁들을 달랜다.
> 동맥에 전하여진 춤과
> 림프의 순환이
> 성좌의 운행에 표상되고
> 위로 올라가 나무에서 완성한다.
> 무늬 진 나뭇잎에 내리는 빛 속에서
> 우리는 움직이는 나무위에서 움직이며
> 아래로 질퍽거리는 바닥에서
> 쫓는 사냥개와 쫓기는 멧돼지가
> 전과 다름없이 그들의 패턴을
> 추구하는 것을 듣는다.
> 그러나 성좌 속에서는 화해된다.

> Garlic and sapphires in the mud
> Clot the bedded axle-tree.
> The trilling wire in the blood
> Sings below inverterate scars
> Appeasing long forgotten wars.
> The dance along the artery
> The circulation of the lymph

Are figured in the drift of stars
Ascend to summer in the tree
In light upon the figured leaf
And hear upon the sodden floor
Below, the boarhound and the boar
Pursue their pattern as before
But reconciled among the stars. (*CPP* 172)

위에서 보는 바와 같이 우주 만물의 실제 이동 모습이 전개된다. 먼저 물체의 물리적 이동 원리에 대입하여 제II부를 감상하는 것이 매우 자연스러울 것이며 이를 위해서는 제I부와 마찬가지로 물체의 진자운동으로서 구심점과 하부의 원추들의 이동 모습에 적용할 수 있다. 엘리엇은 구심점을 직접 회전축의 중심축으로서의 '차륜'으로 규정하는데 이 '차륜'은 땅속 깊이 파묻혀 있는 상태로서 흔들리지 않는 중심점이라 할 수 있다. 그런데 떨리는 전선이 오랫동안 망각된 전쟁을 달랜다고 하여 늘 하부의 원추가 이동하거나 변화를 보이고 있었다는 사실을 알 수 있다. 그리고 "동맥을 따라 나오는 춤"과 회전이나 왕복운동을 의미하는 "림프의 순환" 등으로 이동을 나타내는 표현들이 줄곧 나열되고 있으며 이것이 다시 반복적으로 이동한다는 논리를 강조하기 위해 "상승한다", "듣는다", "추구한다", "화해된다"로 구체화되고 있으며 결국에는 "위로 올라가 나무에서 완성된다"고 하여 진자운동의 구심점에 도달하게 된다. 즉 하부의 원추들과 상부의 구심점이 정확하게 하나가 된 순간이 되는 것이다.

그런데 한편으로 하부에서는 "질퍽거리는 바닥"에서 사냥개와 멧돼지가 예전과 같이 그들의 패턴을 추적한다고 한다. 이를 앞선 그림에 적용하면 하부의 원추들의 모습에 비유될 수 있는 것으로서 사냥개와 멧돼지가 추구하는 것은 상하운동이라기보다는 좌우 운동에 해당될 수 있다. 여기서 한 가지 흥미로운 점은 이 운동이 하나의 패턴을 벗어나지 못한다는 것이다. 즉 원추가 좌우로 이동하지만 구심점이 견고하게 한 곳에 위치하고 있는 한 그 원추들의 이동범위는 구심점과의 연결 관계를 끊을 수 없다는 것이다. 그래서 이 논리는 구심점과 원추들의 관계에서 원추보다는 구심점(또는 제II부에서는 "차륜")에 중심이 있다고 보아야 한다. 그러나 결국에는 "성좌들 사이에서 화해되어" 정지점이란 상태에 이르게 된다.

> 회전하는 세계의 정지하는 일점에, 육도 비육도 아닌
> 그곳으로부터도 아니고 그곳을 향하여서도 아닌, 정지점 거기에 춤이 있다.
> 정지도 운동도 아니다. 고정이라고 불러선 안 된다.
> 과거와 미래가 합치는 점이다. 그곳으로부터 또는 그곳을 향한 운동도 아니다.
> 상승도 하강도 아니다. 이 점, 이 정지점 없이는
> 무도는 없다. 거기에만 춤이 있다.

> At the still point of the turning world. Neither flesh nor fleshless;
> Neither from nor towards; at the still point, there the dance is,
> But neither arrest nor movement. And do not call it fixity,
> Where past and future are gathered. Neither movement from nor towards.
> Neither ascent nor decline. Except for the point, the still point,
> There would be no dance, and there is only the dance. (*CPP* 173)

위와 같이 복잡하고 난해하게 보이지만 "정지점"의 특성과 위치가 명확하게 묘사되어 있다. 춤 자체는 동이면서도 결국 동의 최종적 목적지는 정지점이 된다고 할 수 있다. 그러므로 그림에서의 구심점과 마찬가지로 정지점의 상태는 이미 정지도 운동도 아니고 그렇다고 고정은 더욱 아닌 상태가 되는 것이다. 그 이유는 구심점이 하부의 원추들을 이동시키는 원동력이 되기 때문이다. 엘리엇은 이와 같이 정지점을 묘사하기 위한 방법으로 형이상학적·추상적 묘사에 의존하지만 그 묘사의 논리는 매우 시각적·구체적이라 할 수 있다. 그러나 우리는 여기서 정지점을 좀 더 정확하게 이해할 필요가 있다. 그것은 "육"도 아니고 "비육"도 아닌 쉽게 말해 육에 속한 것도 아니고 육에 속하지 않는 것도 아닌 동시에 출발점(시작점)도 아니고 목적지도 아닌 바로 그 정지점에 '춤'이 있다고 한다. 여기서 춤이 있는 곳을 다시 구심점이라고 볼 수 있다. 그런데 그 구심점은 정지 상태도 아니고 운동 상태도 아니다. 그렇다고 고정이라고 불러서는 안 된다. 그 이유는 이 구심점은 하부의 원추들을 살아 숨 쉬게 할 수 있는 원동력이 될 수 있기 때문이다.

그런데 여기서 우리의 시선을 끄는 점은 정지점이 없다면 춤 또한 존재할 수 없음을 강조하면서 정지점의 존재 및 그 존재의 중요성을 이야기하지만 역설적으로 현재is는 단지 춤이 있을 뿐이라는 것이다. 표현 방법상에서 앞의 춤에는 관사the가 없지만 후에 언급된 춤에는 관사가 있다. 이를 통해서 추상세계와 현실세계가 교차하고 있음을 알 수 있다. 환언하면 가상의 형이상학적 세계, 즉 정지점이 본래의 성질을 유지한 상태에서 현실세계, 즉 정지점이 그 의미를 잃어버린 세계로의 변환이라 할 수 있다. 그러나 이와 같이 규정짓기 난해한 정지점의 또 다른 단편적인 특성들로서 "실제적 욕망으로부터의 자유"the inner freedom from the practical desire, "행동과 고뇌로부터의 해방"the release from action and suffering, "내외적인 제약으로부터의 해방"release from the inner and the outer compulsion, "감각의 은총에 쌓인 정중동의 흰 빛"yet surrounded by a grace of sense, a white light still and moving, "동작 없는 앙양"*Erhebung* without motion, "배제 없는 집중"concentration without elimination, "부분적인 공포가 해소되는 데서 새 세계와 낡은 세계가 명확해지고 동시에 이해되기"(both a new world and the old made explicit, understood in the completion of its partial horror)(*CPP* 173) 등이 나열된다. 이와 같은 사실로 유추해 볼 때 추상세계 또는 형이상학적 세계는 단순히 어느 한 곳에 고정되어 있지 않고 현실 세계 또는 실재 세계와 서로 지속적으로 교통한다고 볼 수 있다. 즉 그림에서 구심점과 원추들 사이에는 지속적 연결 관계가 성립함을 알 수 있으며 또한 정지점을 주로 하나님과의 합일로 정의하지만[24] 그 표현 방법에는 이와 같은 다양한 논리가 적용될 수 있다는 사실을 알 수 있다.

이제 엘리엇은 추상적/형이상학적 시간을 다소 시각적으로 구체화시킨다.

> 그러나 과거와 미래의 사슬은
> 변화하는 몸의 연약함으로 짜여져 있어,
> 인간에게 육체가 견디기 어려운

---

24) "엘리엇은 『네 사중주』에서 시간의 안과 밖 그리고 인간과 하나님 사이의 합일점에 가장 많은 관심을 두었다"(Tamplin 154)거나 "그리스도의 육화(Incarnation)를 항상 변하는 것과 영원히 변하지 않는 것 사이의 합일을 최상으로 간주했다"(Hargrove 131)는 평가 등에서 정점을 하나님과의 조응으로 보기도 한다.

천국과 지옥의 길을 막는다.
　과거의 시간과 미래의 시간은
적은 의식 밖에는 허용치 않는다.

Yet the enchainment of past and future
Woven in the weakness of the changing body,
Protects mankind from heaven and damnation
Which flesh cannot endure.
　Time past and time future
Allow but a little consciousness. (*CPP* 173)

과거와 미래의 연결고리가 위와 같이 인간의 몸으로 설정되어 있다. 즉 인간의 몸이 의미하는 시간은 현재라 할 수 있다. 그렇게 되면 현재가 연약하기 때문에－한편으로는 변화무쌍하기 때문에－과거와 미래를 강하게 연결할 수 없는 상태, 위의 표현에 의하면 천국과 지옥을 막아버리는 상태가 되는 것이다. 그 이유는 과거와 미래는 불확실하므로 특정하게 어느 한 시점이라고 지정할 수 없다는 논리, 즉 그림에서 하부의 원추들과 상부의 구심점이 조화를 이루지 못한 상태라고 할 수 있기 때문이다. 그러면서 제II부의 종결부는 화자speaker의 의식적 시간이 현재로 돌아오며 그 모습을 "장미원에 있는 순간"the moment in the rose-garden과 "비가 내려치는 정자에 있는 순간"the moment in the arbour where the rain beats, 그리고 "연기가 오를 때 바람 잘 통하는 교회에 있는 순간"the moment in the draughty church at smokefall(*CPP* 173) 등으로 묘사되면서 마무리된다.

이어서 제III부는 제II부의 종결부와 연결성을 유지하고 있다. 새로운 명제를 내세워 주장한다기보다는 제II부의 종결부와의 지속성, 다시 말해 제II부의 종결부와 마찬가지로 화자의 시각이 현재로 설정된 채 과거와 미래가 서로 교차되며 전개된다.

> 이곳은 불만의 땅
> 앞 시간과 뒤 시간
> 희미한 빛 속에 잠긴-선명한 정적으로써
> 형체를 부여하며
> 영원을 암시하는 완만한 회전으로써
> 그림자를 덧없는 아름다움으로 바꾸는 밝음도 아니요,
> 박탈로써 감각적인 것을 비우게 하며
> 세속적인 것으로부터 감정을 정화하여
> 영혼을 순화하는 암흑도 아니다.

> Here is a place of disaffection
> Time before and time after
> In a dim light: neither daylight
> Investing form with lucid stillness
> Turning shadow into transient beauty
> With slow rotation suggesting permanence
> Nor darkness to purify the soul
> Emptying the sensual with deprivation
> Cleansing affection from the temporal. (*CPP* 173-74)

우선 여기서는 앞서 제I부에서 표현된 "있을 수 있었던 일"과 "있어왔던 일"의 관계가 "앞 시간"과 "뒤 시간"으로 변형되어 있다. 즉 과거와 미래를 나타내는 표현 방식이 이와 같이 변형되었다고 볼 수 있다. 그러

나 차이점은 화자의 발화의 시점이 현재로 옮겨졌다는 것이다. 즉 과거와 미래를 통해 의식적으로 현대인의 허무한 모습을 그대로 묘사한다고 볼 수 있다. 다소 추상적 모습으로 그려지고 있지만 이어지는 장면에서는 시간 속에 갇혀진 현대인, 물론 시간으로 변형하면 현재의 불완전함 —그림에 적용하면 하부의 원추들과 상부의 구심점이 부조화를 보이는 상태—이 좀 더 명확하게 드러나고 있다.

  다만
시간에 얽매인 긴장된 얼굴들 위에
나풀거리는 불길,
착란과 착란으로 얼빠진 얼굴들,
환상에 차고 의미를 잃고
집중 없는 부어터진 무감각,
사람과 종잇조각들, 앞 시간과 뒷 시간,
불완전한 폐 속으로 드나드는
찬바람에 휘몰리는, 앞 시간과 뒷 시간.
병든 영혼이 퇴색한 대기 속에
내뱉는 트림. 런던의 음침한 산들과
햄스테드, 클러큰웰, 캠프튼, 프트니,
하이게이트, 프림로즈, 러드게이트를 휩쓰는
바람에 휘몰린 무신경. 이곳에는 없다.
이곳에는 없다. 이 재재거리는 세계엔 암흑이 없다.

  Only a flicker
Over the strained time-ridden faces
Distracted from distraction by distraction

Filled with fancies and empty of meaning
Tumid apathy with no concentration
Men and bits of paper, whirled by the cold wind
That blows before and after time,
Wind in and out of unwholesome lungs
Time before and time after.
Eructation of unhealthy souls
Into the faded air, the torpid
Driven on the wind that sweeps the gloomy hills of London.
Hampstead and Clerkenwell, Campden and Putney,
Highgate, Primrose and Ludgate. Not here
Not here the darkness, in this twittering world. (*CPP* 174)

현대인들의 허무함을 좀 더 사실적으로 전달하기 위해서 "시간에 얽매인 긴장된 얼굴", "착란으로 얼빠진 얼굴들", "감각이 상실되어 집중이 되지 않기", "사람이나 종잇조각" 등으로 묘사된다. 여기서 우리는 '암흑'이란 개념을 유의해야 한다. 여기서 암흑이란 앞선 그림에서처럼 원추들과 구심점이 결합되어 완전히 정지된 상태—그러나 그 정지된 상태를 우리가 무생물체의 정지 상태로 여겨서는 안 된다—를 의미하는 것이다. 그러나 그 정지된 상태는 모든 것이 체계화되고 조직화되었기 때문에 더 이상의 불안이나 또는 지속적인 흔들림으로 인한 요동이 아니라 정중동靜中動의 상태가 되는 것이다.

이와 같은 상태에 이어서 이제 시적화자의 시선은 다시 미래로 옮겨진다. 앞서 살펴본 논리, 즉 '암흑'이 또 하나의 정지점이라는 사실을 이해하기 위해서는 다음의 모습을 보면 알 수 있다.

더 아래로 내려가라 다만 영원한
고적의 세계로
세계가 아닌 세계. 아니 세계가 아닌 그 곳으로
내부의 암흑으로, 그 곳 모든 소유물이
상실되고 없는 곳.
감각세계의 건조,
공상세계의 철거,
정신세계의 활동 정지,
이것이 한 길이고, 다른 길도
동일하다. 그 길은 운동에 의하지 않고,
운동에서의 이탈에 의하여 가는 길. 그러나 세계는 욕망 속에서
움직인다. 과거의 시간과
미래의 시간의 철로 위를.

Descend lower, descend only
Into the world of perpetual solitude,
World not world, but that which is not world,
Internal darkness, deprivation
And destitution of all property,
Desiccation of the world of sense,
Evacuation of the world of fancy,
Inoperancy of the world of spirit;
This is the one way, and the other
Is the same, not in movement
But abstention from movement; while the world moves
In appetency, on its metalled ways
Of time past and time future. (*CPP* 174)

내부의 암흑이라는 것을 우리는 깊은 수렁 속의 암흑으로 이해하기 쉽지만 이것은 '깊은 어둠'을 의미하는 암흑이라기보다는 정지점을 의미하는 '장미원'으로 보아야 한다. 그 이유를 엘리엇은 "세계가 아닌 세계, 세계가 아닌 그곳을 바로 암흑"으로 표현하고 있기 때문이다. 엘리엇은 이 논리를 보완하기 위해서 "감각세계의 건조", "공상세계의 철거", "정신세계의 활동 정지"란 표현으로 뒷받침하고 있다. 이 논리를 앞선 그림에 대입하면 하부의 원추들과 상부의 구심점이 조화된 상태라고 볼 수 있다. 그 상태가 이루어지면 "모든 소유물이 상실되고 없어지며, 감각이 말라버리고, 공상세계가 사라지며, 정신세계의 활동이 정지된 세계"가 우리 앞에 펼쳐지게 된다.

그리고 이어서 제IV부는 제III부와 달리 단 10행으로 구성되어 있으며 제IV부의 도입에서는 '정지점'에 도달한 장면이 등장하는 데 엘리엇은 이를 "회전하는 세계의 정지점에 정지한다"는 외견상 매우 비논리적으로 보이는 주장을 펼친다. 이를 풀어보면 다음과 같은 논리가 된다. 앞서 제II부에서 보는 바와 같이 회전하는 세계의 정지점은 행성체가 태양을 중심으로 회전하는 것처럼 태양이 모든 행성체들의 중심체로 자리 잡고 있는 것이며 정지점이란 행성체들이 태양 중심에서 벗어나지 않은 상태, 즉 태양과 행성체들의 조화상태라고 볼 수 있다. 이는 앞선 그림에서 하부의 원추와 상부의 구심점이 완벽한 조화를 이룬 상태라고 할 수 있다. 이와 같은 논리로 제IV부의 최종부는 만물이 조화된 상태를 말씀Words이라 단정하고 「번트 노턴」의 종결부인 제V부의 도입부 역시 말씀과 연결되어 전개된다.[25]

25) 제V부 전체는 38행으로 구성 되었는데 22행을 말씀과 관련해서 전개하는 것으로 보

말은 움직이고, 음악도 움직인다
다만 시간 안에서. 그러나 살아 있기만 한 것은
다만 죽을 수 있을 뿐이다. 말은 말한 후에
침묵에 든다. 다만 패턴과 형식에 의해서만
말이나 음악은 고요에 이른다.
마치 중국의 자기가 항시
고요 속에서 영원히 움직이는 것과 같다.

Words move, music moves
Only in time; but that which is only living
Can only die. Words, after speech, reach
Into the silence. Only by the form, the pattern,
Can words or music reach
The stillness, as a Chinese jar still
Moves perpetually in its stillness. (*CPP* 175)

여기서 "말과 음악의 움직임은 다만 시간 안에서"라는 표현은 물리적으로 측정 가능한 시간이며 "역시 살아 있기만 한 것" 또한 현재로서 물리적으로 계량할 수 있는 시간을 의미한다. 이와 같은 논리에 의하여 "살아 있는 것은 시간에 종속되며 사라지지만 말씀은 다만 침묵이 뒤따라올 뿐으로 묘사함으로써 엘리엇은 직선적인 예술전개의 단점을 제거했다"(Dijk 413)는 평가를 받는다. 이와 같은 방식에서 출발하여 엘리엇은 제V부를 물리적인 시간의 이동으로 이어간다. 그러면서 "중국의 자기가 항상 고요 속에서 영원히 움직이는 것과 같다"는, 즉 하부의 원추들과 상

아 「번트 노턴」의 종결부는 "말씀"에 가장 초점을 맞추었다고 할 수 있다.

부의 구심점이 서로 조화된 상태를 이야기 한다. 이는 구심점과 하부의 원추들은 외관상 정지된 것처럼 보이지만 하부의 원추와 구심점 사이에는 지속적인 이동에 의해서만 정지점의 상태를 유지할 수 있음을 보여주는 것이며 이 상태가 깨어지면 최종적으로 정지점의 상태(말씀)가 와해된다고 할 수 있다. 그래서 결과적으로 하나님의 말씀이 공격을 당할 때는 이동을 보이게 되는 것이다.

> 　　황야에서 말씀은
> 장례식 무도에서 울부짖는 망령과
> 서러움에 잠긴 망상의 드높은 탄식 소리 등
> 유혹의 목소리로 호되게 공격을 받는다.

> 　　The Word in the desert
> Is most attacked by voices of temptation,
> The crying shadow in the funeral dance,
> The loud lament of the disconsolate chimera. (*CPP* 175)

그러면서 엘리엇은 「번트 노턴」의 종결부 역시 제I부의 도입부분과 유사하게 구심점과 하부에 위치한 원추들의 이동관계로 설명될 수 있게 구성하였다.

> 패턴의 세부는 운동이다.
> 열 계단의 비유에서처럼
> 욕망 자체는 동이고
> 그 자체는 좋지 않다.

사랑은 그 자체가 비동이고
다만 동의 원인이고 궁극일 뿐,
초 시간이고, 비욕망,
시간의 양상이 아닌
비존재와 존재 사이의
영역의 형태로 파악된다.
 한 줄기 햇빛 속에서 갑자기
그 순간에 먼지가 움직여
나뭇잎 그늘에서 아이들의
숨은 웃음소리가 일어난다.
빨리, 자, 여기. 지금 언제나-
우습게도 쓸모없는 슬픈 시간은
앞으로 뒤로 뻗쳤을 뿐.

The detail of the pattern is movement,
As in the figure of the ten stairs.
Desire itself is movement
Not in itself desirable;
Love is itself unmoving,
Only the cause and end of movement,
Timeless, and undesiring
Except in the aspect of time
Caught in the form of limitation
Between un-being and being.
Sudden in a shaft of sunlight
Even while the dust moves
There rises the hidden laughter

Of children in the foliage
Quick now, here, now, always—
Ridiculous the waste sad time
Stretching before and after. (*CPP* 175-76)

위에서 보는 바와 같이 엘리엇은 "패턴의 세부를 운동"이라 정의한다. 이 정의에 의하면 한 패턴은 구심점이라 할 수 있고 그 세부의 운동은 하부에 위치한 원추들의 이동 모습이라 할 수 있다. 마치 '열 계단의 비유'처럼 하부의 원추들과 상부의 구심점과의 일치 다시 말해 정지점에 이르기까지의 과정이 순탄대로는 아니라는 사실을 비유적으로 표현한다. 그런데 흥미롭게도 정지점의 또 다른 표현이 '사랑'으로 이미지화되어 있다. 즉 사랑 그 자체가 동이 아니고, 만약에 사랑이 그림에 나타난 하부의 원추들처럼 이동한다면 당연히 동이 될 것이다. 그러나 다만 동의 원인이 되고 있다. 그러므로 '사랑'이 필요함을 엘리엇이 이와 같이 논리적으로 표현하면서 바로 그 사랑의 부재에 대한 아쉬움을 "우습게도 쓸모없는 슬픈 시간이 앞뒤로 뻗쳤을 뿐"이라고 표현하며 「번트 노턴」 전체를 마무리한다.

3. 나오는 말

지금까지 『네 사중주』 중 「번트 노턴」을 첫 시작부터 종결부까지 집중적으로 조명해 보았다. 첫 도입에서 시간을 형이상학적으로 규정해 놓은 것으로 인해 많은 독자들을 당혹시키지만 결국 엘리엇이 규정한 시간은 현재를 기준으로 과거와 미래가 서로 교차 · 왕래한다는 사실을 알 수 있었다. 이를 이해하기 위해서는 물리학적 진자운동이나 태양 주위의 행성체들의 이동 원리에 대입하여 설명할 수 있다. 즉 진자운동에서의 구심점과 원추들의 관계로 설명할 수 있다. 엘리엇은 구심점과 원추들 사이에 완벽한 조화를 보이는 모습은 물론 그렇지 않은 모습을 표현하기도 한다. 또한 엘리엇이 시간을 정의하면서 가장 중심에 두었던 '정지점'의 개념 역시 매우 추상적이며 형이상학적으로 보이지만 또한 시각적으로 규정하고 있음에 틀림없으며 기타 세부 사항들과의 일치점이라는 사실도 알 수 있었다. 이를 통해 우주 만물의 다양한 이동과 그 이동의 원리가 하나의 중심축을 중심으로 이동한다고 할 수 있다. 그리고 또한 '정지점'의 표상으로 춤, 사랑, 말씀, 감각의 공허지대, 감각세계의 건조, 공상세계의 철거, 정신세계의 활동 정지 등으로 나타남을 알 수 있다. 특히 '암흑'의 특수한 상태 역시 통상적 의미를 넘어선다는 사실 또한 알 수 있다.

『네 사중주』란 제목이 암시하는 바와 같이 음악적 템포를 기반으로 구성되어 있으므로 제I부의 개념에 대한 정의에서 출발하여 제II부와 제III부는 이에 대한 상술 또는 정의에 대한 실재이며 제IV부와 제V부는 최종적으로 "정지점"에 대한 강조로 이루어졌다.

* 이 글은 21세기 영어영문학회의 학술지 『영어영문학 21』(28권 1호, 2015년) pp.147-167에 게재된 것을 일부 수정했음을 밝힌다.

인용문헌

김경철. 「『네 사중주』와 성경시학: 역사의 신화화」. 『T. S. 엘리엇 연구』 22.1 (2012): 1-31.

서광원. 「엘리엇의 『네 사중주』: 확장된 장미정원의 노래」. 『T. S. 엘리엇연구』 19.2 (2009): 57-86.

손기표. 「연금술과 『네 사중주』」. 『T. S. 엘리엇 연구』 23.2 (2013): 47-74.

이종철. 「엘리엇의 『네 개의 사중주』에 있어서의 인식과 표현: 불교, 음악과 포스트모던적 글쓰기」. 『T. S.엘리엇연구』 2 (2008): 155-184.

이창배 옮김. 『T. S. 엘리엇전집』. 서울: 동국대학교 출판부, 2001.

이철희. 「헤라클레이토스의 공간원리와 엘리엇의 『네 사중주』」. 『현대영어영문학』 58.3 (2014): 171-188.

Arthur O, Lewis. "Eliot's *Four Quartets*: Burnt Norton, IV." *The Explicator* Jan. (1949): 1-3.

Callow, James T and Robert J. Reilly. *Guide to American Literature: From Emily Dickinson to the Present*. Toronto: Barnes & Noble Books, 1977.

Cooper, John Xiros. *T. S. Eliot and the Ideology of "Four Quartets"*. London: Cambridge UP, 1995.

Dijk, Yra Van. "Reading the form : The Function of Typographic Blanks in Modern Poetry." *Word & Image* 27.4(2011): 407-415.

Eliot, T. S. *The Complete Poems and Plays of T. S. Eliot*. London: Faber and Faber, 1978.

Hargrove, Nancy. *Landscape as Symbol in the Poetry of T. S. Eliot*. Jackson: UP of Mississippi, 1978.

Levina, Juratė. "Speaking the Unnamable: A Phenomenology of Sense in T. S. Eliot's *Four Quartets*." *Journal of Modern Literature* 36.3(2013): 194-211.

Quinn, Maire A. *T. S. Eliot: Four Quartets*. London: Longman York Press, 1982.

Rion, Rosanna. "T. S. Eliot's Ekphrastic Poems." *Advances in Literary Study*, 2.1 (2014): 31-37.

Tamplin, Ronald. *A Preface to T. S. Eliot*. London: Longman Group Limited, 1995.

Warner, Martin. "Philosophical Poetry: The Case of *Four Quartets.*" *Philosophy and Literature* 10.2(1986): 222-245.

http://blog.naver.com/PostView.nhn?blogId=todaudrhkwkd&logNo=140200829592

롱기누스의 시학과 엘리엇

—

1. 들어가는 말

주지하듯이 엘리엇T. S. Eliot은 자신을 "문학적 고전주의자"(*FLA* 7)라고 천명한 바 있다. 그는 단테Alighieri Dante를 비롯하여 밀턴John Milton, 말로우Christopher Marlowe, 그리고 존슨Ben Jonson과 미들턴Thomas Middleton 등에 관해서 각각 자신의 견해를 밝혔듯이 그와 고전주의는 서로 밀접한 관계가 있으며 과거부터 현재까지 많은 연구자들의 지속적 관심을 받고 있다. 이미 알고 있듯이 엘리엇은 전통을 매우 중요시한 시인이며 비평가라고 할 수 있다. 이러한 맥락에서 볼 때 엘리엇과 고전주의는 매우 친밀한 관계가 있음을 알 수 있다.

본 연구는 "낭만주의의 비조"(이윤섭 169)로 불리는 롱기누스Gaius Cassius Longinus의 시학을 엘리엇의 시 창작법에 적용해 보는 것이다. 생존했던 비평가들 중에 가장 위대한 사람 중에 하나가 바로 롱기누스이며(Hall 16) 또한 "유럽에서 가장 학식 있는 사람이라 불리는 이작 카주봉Issac Casaubon은"(wikipedia) 롱기누스의 저서인 『숭고에 관하여』*On the Sublime*를 "황금서"a golden book라고 불렀는가하면 드라이든John Dryden은 "롱기누스를 아리스토텔레스Aristotle 이후 의심할 여지없이 그리스인들 중에서 가장 위대한 비평가였다"(OS 145)고 한다. 이러한 평가들을 통해서 우리는 롱기누스의 비평가적 명성을 판단할 수 있다. 그리고 그의 저서 『숭고에 관하여』는 친구인 테렌티아누스Postumius Terentianus에게 쓴 편지 형식으로 구성되어 있다. 본고는 이러한 롱기누스의 『숭고에 관하여』에 나타난 그의 창작관을 엘리엇의 그것과 비교 및 대조해 보는 것이다.[26)]

2. 롱기누스의 시학 그리고 엘리엇의 그것 읽기

먼저 롱기누스는 시인이나 연설가로서의 문체상의 우수성에 대해서 다음과 같이 요약한다.

> . . . 우수한 문체는 언어의 뚜렷한 탁월성에 있다. 이것 외에 어떤 다른 것도 가장 위대한 시인들과 역사가들에게 높은 지위를 제공한 것은 없었고 그들에게 명예와 불멸성을 확보시켜 준 것도 없었다. 천재는 청

26) 본 연구는 롱기누스의 주된 창작법에서의 특징적인 면을 중심으로 엘리엇의 그것과 비교하여 살펴보는 것이 그 목적이다. 사실 롱기누스의 『숭고에 관하여』는 최소한 12종류의 현대 언어로 번역되었다고 한다. 본 연구는 길버트(Allan H. Gilbert)가 롱기누스의 『숭고에 관하여』를 영어로 옮긴 「문학적 우수성에 관하여」("On Literary Excellence")를 토대로 롱기누스의 창작관을 살펴볼 것이다.

중을 단지 설득시킬 뿐 아니라 청중을 황홀경으로 인도한다.

> . . . excellent style consists in striking distinction of language. Nothing else than this has given the greatest poets and historians their high place and secured them fame and immortality. Genius does not merely persuade an audience but lifts it ecstasy. (*OS* 147)

단적으로 롱기누스는 언어 선택이나 언어표현법상의 탁월성을 우수한 문체의 제1원칙으로 규정한다. 바로 그 언어표현의 탁월성이 시인들로 하여금 불후의 명성을 유지시켜 준 원동력이었다는 것이다. 흥미롭게도 엘리엇은 언어선택이나 표현을 평범하고 일상적인 표현방법에 의존하고 있다. 이 방법으로 인해 독자들이 비교적 용이하게 그의 작품에 접근할 수 있을 뿐만 아니라 그 만큼 다양한 독자층을 형성할 수 있다. 바로 그 엘리엇의 언어 표현법상의 탁월성으로서 일상적 언어의 사용을 우리는 「게론티온」“Gerontion”에서 어렵지 않게 볼 수 있다. 템플린Ronald Tamplin 또한 “이 작품의 가장 큰 특징 중에 하나를 언어의 사용으로 규정한 바 있으며”(129) 특히 “엘리엇이 엘리자베스 극Elizabeth Drama과 챨스 1세 시대의 시Caroline poetry, 그리고 단John Donne과 형이상학파 시인들Metaphysical Poets에게 관심을 보인 이유는 진정한 시에서는 찾아볼 수 없었던 구어체 언어와 리듬 때문이었다고 한다”(Robson 111). 또한 이 작품은 주인공 “게론티온Gerontion의 의식에 떠오르는 방식을 재현하는 제임스 1세James I시대의 스타일을 수사학적으로 사용했다고 한다”(Smith 59). 이와 같이 비교적 초기에 발표된-1920년-「게론티온」에서도 엘리엇의 표현상의 독특한 창작기법을 구어체 언어와 리듬에서 발견할 수 있다.

그러나 언어의 뚜렷한 차별성을 강조하면서도 롱기누스는 표현방법상에 있어서 다음 사항을 주의할 것을 권고한다.

> 더욱더 위대한 특징은 지성에 의해 통제되지 않고 안정감이나 안전장치 없이 남겨져서 예의를 모르는 안하무인의 동요에 맡겨질 때는 위험하다. 수차례 자극이 그들에게 사용되어야하지만 제어 또한 필요하다.
>
> Moreover great qualities are in danger when not controlled by the intelligence but left without ballast or stabilizer, and abandoned to the sway of ignorant audacity. Many times the spur must be used on them, but the curb is also needed. (*OS* 148)

위의 주장은 간단히 '표현상에서의 지적 통제'라고 요약할 수 있다. 즉 작가는 지나친 과장이나 감정표현에 의지하는 것을 경계해야 하며 이를 위한 중간조절 장치가 필요하다는 것이다. 엘리엇에게 그것이 바로 "객관적 상관물"Objective Correlative이라 할 수 있다.

> 예술의 형식으로 정서를 표현하는 유일한 방법은 '객관적 상관물'을 발견하는 것이다. 다시 말해 일련의 대상과 상황 그리고 그 특별한 정서의 공식이 될 일련의 사건들을 찾는 것이다. 그러면 감각적 경험에서 끝나야 할 외적 사실이 주어질 때 정서는 즉각 환기된다.
>
> The only way of expressing emotion in the form of art is by finding an 'objective correlative'; in other words, a set of objects, a situation, a chain of events which shall be the formula of that particular emotion; such that when the external facts, which must terminate in sensory

experience, are given, the emotion is immediately evoked. (*SP* 48)

바로 롱기누스의 지적 통제에 의한 위대한 창작 방법을 엘리엇은 일종의 정서 통제를 위한 방법으로서 "객관적 상관물"로 실현한다고 볼 수 있다. 이 이론에 대해서는 현재까지 다양한 시각에서 연구되었다. 엘리엇은 자신의 정서를 표현하기 위해서 가능한 객관적 묘사에 의존하려고 노력한다. 이 사실은 "엘리엇에게 있어 시인의 관심이란 사고thought라기보다는 사고에 대한 정서적 등가물을 찾는 것"(Matthiessen 56)이라는 평가를 통해 알 수 있다. 또한 이와 유사한 맥락으로 엘리엇은 '지적이면 지적일수록 더 좋다'라고 주장한 시인이다(*SW* 54 참조). 이와 같은 주장을 통해 롱기누스와 엘리엇은 유사한 창작논리를 펼치고 있음을 알 수 있다.

그러면서 롱기누스는 지나친 과장Bombast을 삼갈 것을 경고한다.

> 과장은 피하기 가장 어려운 실수들 중에 하나처럼 보인다. 위대한 것을 추구하는 사람들은 "위대한 실패가 고상한 실수"라고 생각해서 연약하고 무미건조해 보인다는 비난을 피하려고 시도할 때 다소 과장에 빠진다. 종기와 종양은 신체와 어휘 모두에게 위험하다. 그 이유는 그들은 기대한 것과 반대의 효과를 유발할 수 있기 때문이다.

> Bombast seems to be one of the faults most difficult to avoid. All those who strive after what is great, somehow fall into bombast when they are attempting to avoid censure for seeming feeble and dry, thinking that "greatly to fail is a noble error." Swelling and tumors are dangers for both bodies and words, because they may produce an effect opposite to what is expected. (*OS* 149)

위의 주장을 통해 작가가 작품창작과정에서 피하기 힘든 기법 중 하나가 바로 지나친 과장이라는 사실을 알 수 있다. 즉 작가는 무언가 새로운 것을 표현하기 위해서 또는 지나치게 독창성을 발휘하려고 고군분투하는 나머지 온당함이나 온건함을 망각할 수 있다는 것이다. 이를 좀 더 강조하기 위해서 롱기누스는 '멋지게 실패하는 것이 고상한 실수가 된다'는 생각을 버릴 것을 주문한다. 계속해서 이 논리에 대한 부연설명으로 롱기누스는 그리스시대 철학자이며 역사학자인 티마이우스Timaeus를 예로 들면서 "그는 능력 있는 작가이며, 박식하고 정교하지만 항상 새로운 것에 충동을 받기 때문에 종종 유치할 정도로 난폭해진다"(*OS* 150)며 그의 표현상의 신중성의 부족을 아쉬워한다. 이와 같이 표현상의 신중성을 권고하면서 자칫 오류를 범하여 작가가 미성숙함Puerility에 빠지지 않을 것을 롱기누스는 경고한다.

> 과장된 문체는 우수한 것을 능가하려는 시도에서 나오지만 미성숙함은 위대함과는 반대이다. 그것은 완전히 무가치하며 인색하고 정말로 가장 경멸받을 만한 실수이다. . . . 작가들은 비범하고 독창적인 것 그리고 특히 매력적인 것을 위해 너무 지나치게 노력함으로써 이러한 실수에 빠진다.

> The inflated style comes from attempting to outdo what is excellent, but puerility is the opposite of greatness; it is completely paltry and mean-spirited and indeed a most contemptible fault. . . . Writers stumble into this fault through trying too hard for something unusual and original and especially for something attractive. (*OS* 149)

독자의 흥미를 유발하거나 시선을 끌기 위한 방법으로 강한 독창적 표현 욕구는 절제되어야 한다는 것이 롱기누스 주장의 핵심이다. 앞서 지나친 과장을 주의하라는 경고의 내용과 유사하게 독자들의 시선을 끌기 위해 과도하게 애쓰는 것을 경계하라는 것이다. 이 논리는 엘리엇이 현대인의 삶의 무의미함을 강조하기 위해서 그가 주변에서 볼 수 있는 소재를 추상적 표현에 의존하지 않고 보여주는 모습과 대동소이하다.

비현실적인 도시
겨울 날 새벽 갈색안개 속으로
군중이 런던교 위로 흘러간다. 저렇게 많이,
나는 죽음이 저렇게 많은 사람을 죽게 했다고는 생각지 못했다.

Unreal City,
Under the brown fog of a winter dawn,
A crowd flowed over London Bridge, so many,
I had not thought death had undone so many. (*CPP* 62)

런던교 위를 지나가는 실제 사람들의 반복적으로 되풀이되는 일상적 삶의 모습을 엘리엇은 그대로 표현하고 있다. 도시 이미지가 원래의 화려함이나 번창함을 잃었으며 런던의 평범한 군중들을 하나의 악몽과 같은 모습으로 그려내고 있다. 위에서 보는 바와 같이 엘리엇은 묘사기법에 있어서 인위적으로 미화시키려고 노력하지는 않았다. 단적으로 말해서 그는 있는 그대로의 사실적 표현에 의존하고 있는 것이다(추후 롱기누스는 과장이란 사실에 근거해야함을 역설하고 있음).

그러나 지나친 과장을 경계할 것을 주문하면서도 롱기누스는 적절한 과장hyperbol은 추천한다.

> 그래서 물론 최상의 과장은 우리가 위에서 표현법에 관해 이야기한 것처럼 과장처럼 보이지 않는 것들이다.
>
> Certainly then the best hyperboles, as we said above of figures, are those that do not appear to be hyperboles. (*OS* 190)

이 주장을 역으로 해석하면 작가는 과장에 의존할 수 있다는 것이다. 그러나 문제는 독자는 그것이 과장이라는 사실을 인식해서는 안 된다는 것이다. 그만큼 표현상의 절제나−롱기누스는 앞서 제어장치 또는 안전장치라고 표현하고 있음−정확히 알맞은 시적기교의 사용을 이야기하는 것이다. 즉 자연스러운 표현에 의존하여 독자가 낯설게 느끼지 않도록 노력해야 한다는 것이다. 결국 "숭고함이란 고상한 언어표현에서 발견할 수 있다고 하듯"(Dutton 28) 롱기누스는 인위적 독창성에 의존하는 것은 바람직하지 못하다는 것을 역설하는 것이다. 그러므로 앞서 지나친 과장과의 차이라면 현실성이 결여된 과장은 오히려 창작기법에는 해가 될 수 있으며 적절한 과장은 창작효과를 최대한 발휘할 수 있다는 것이다. 이와 같은 롱기누스의 적절한 과장을 엘리엇이 사용한 그것과 비교해 보면 흥미롭게 일치한다.

> 산 너머 저 도시는 무엇인가
> 보랏빛 대기 속에 깨지고 다시 서고 터진다.
> 무너지는 탑들
> 예루살렘 아테네 알렉산드리아

비엔나 런던
비실제의

What is the city over the mountains
Cracks and reforms and bursts in the violet air
Falling towers
Jerusalem Athens Alexandria
Vienna London
Unreal (*CPP* 73)

우리는 위에서 엘리엇이 사용하고 있는 과장의 농도를 직접 체감할 수 있다. 실상 독자는 위와 같은 도시들이 실제로 무너져간다는 느낌보다는 그 만큼 상기 언급된 도시들이 실제의 모습을 상실했다고 느낄 것이다. 표면상 지나친 과장으로 보이지만 내용상에 있어서는 충분히 인식 또는 이해가 가능한 정도의 과장이라 볼 수 있다. 다시 말해 외관상으로는 엘리엇이 현실과 동떨어진 과장된 표현에 의존하고 있는 것처럼 보이지만 실제로는 세상 모두의 허무함을 강조하기 위해서 옛 고대의 도시를 시에 활용하고 있는 것이다. 이와 같이 엘리엇의 과장은 롱기누스가 정의한 과장의 조건과 잘 어울리며 현실과도 유리되지 않았음을 알 수 있다. 롱기누스 역시 헤로도투스Herodotus가 묘사한 부분을 예로 들어 과장의 우수성을 논하고 있다.

그들이 칼들-여전히 그들이 지니고 있었던 것들-을 가지고 그리고 주먹과 치아로 싸웠을 때 여기 페르시아인들은 그들은 미사일로 매장시켰다.

> Here the Persians buried them with missiles as they fought with knives-those who still had them- and with their fists and teeth. (*OS* 190)

이 표현에 대해서 롱기누스는 "완전 무장한 병사를 치아로 맞서는 것과 병사들이 미사일로 매장되는 것이 불가능할 수도 있지만 헤로도토스는 과장 그 자체를 언급하려고 했던 것처럼 보이지 않기 때문에 우리에게 설득적으로 다가온다"(*OS* 190)고 진단한다. 즉 과장이란 과장 자체를 위한 것이 아니라 사실fact에 그 바탕을 두어야함을 강조하는 것이며 롱기누스 역시 위에 나타난 "헤로도투스의 과장은 사실에 바탕을 둔 통상적 결과처럼 보인다"(*OS* 190)고 진단한다. 다시 말해 어디까지나 과장은 '사실'에 그 근본바탕을 두어야 한다는 것이다. 이와 같은 맥락으로 롱기누스는 지나친 과장을 위해 고군분투하는 행위를 "새로움을 위한 광기"the craze for novelty라고 규정하며 자신이 의도하는 바는 "구성과 과장에서의 변경과 그리고 운율에서의 변환"shifts in construction, hyperboles, and changes in number이라고 주장한다(*OS* 151). 결국 롱기누스 주장의 핵심은 표현방법상의 다변화라고 요약할 수 있다. 이는 곧 비록 단일작품일지라도 그 작품의 구성요소는 다양할 수 있다는 논리라고 해석할 수 있다. 이 논리 역시 엘리엇이 여러 시에서 보이고 있는 표현방식과도 일치한다. 그 한 예로 「게론티온」의 경우만 보아도 "마비된 자의식이라는 주제를 강조하는 서문epigraph과 서로 대조적인 대명사로서의 나I, 당신You, 우리We 그리고 작품 중간에 조건절로의 시제변화 그리고 문학적 인유와 기타 인유들"(Moody 111) 등 다양한 변환규칙을 엘리엇이 사용하고 있음을 알 수 있다. 또 한 예로 엘리엇은 「프로프록의 연가」"The Love Song of J. Alfred Prufrock"의 도입부를 다음과 같이 전개시킨다.

그러면 우리 갑시다, 그대와 나,
지금 저녁은 마치 수술대 위에 에테르로 마취된 환자처럼
하늘을 배경으로 펼쳐져 있습니다.

Let us go then, you and I,
When the evening is spread out against the sky
Like a patient etherised upon a table. (*CPP* 13)

먼저 위 표현에 대해 다양한 분석들이 나오고 있다. 엘리엇은 프로프록의 생중사death in life를 상징하는 직유법simille을 사용했으며(Hargrove 50) 또한 윗부분을 "형이상학적 기상a metaphysical conceit의 실현으로 보이거나"(Sullivan 11) 그동안 "관례적으로 내려온 낭만적인 도입부를 탁월한 현대적 이미지로 약화시켰다"(Stephen 294)거나 "프로프록의 사교계가 그 자신의 마음에 깃든 이미지로 나타나며"(Scofield 46), "권위가 실추된 20세기 인간으로서의 프로프록"(Dale 4)을 "실제 있는 그대로를 나타내는 최초의 강열함first intensity에서 사물 그 이상의 것을 나타내는 이미저리로의 향상"(Martin 107) 등 다양한 분석들이 존재한다.[27] 이러한 다양한 표현기법이 일견 독자들에게 통일성이 결여된 것처럼 보일 수도 있지만 엘리엇이 사용한 묘사기법은 롱기누스의 '구성, 과장 그리고 운율에서의 변환'을 요구하는 창작 논리와 합일된다고 할 수 있다.

그러면서 정서emotion와 문체의 우수성 사이의 관계에 대해서 롱기누

27) 마지막 분석을 좀 더 부연하면 엘리엇이 사용한 이미지는 우리가 바로 그 이미지를 보고 처음 느끼는 감정을 능가하여 또 다른 또는 그 이상의 정서적 효과를 가져 온다는 것이다.

스는 감정을 정서와 관련 있는 것과 그렇지 않은 것 등 두 가지로 분류하면서(*OS* 153–154) 결국 정서 표현에 대해서 다음과 같이 정의한다.

> 나는 그것(정서가)이 필요에 의해서 구해질 때의 높은 수준의 정서만큼 효과적인 것은 없다고 대담하게 말한다. 그것은 일종의 신적 황홀감과 열정에서 나오는 것처럼 보이며 어휘들을 영감으로 채운다.
>
> For I make bold to say that nothing is so effective as feeling of a high order when it is called out by the occasion; it seems to issue from a sort of divine rapture and enthusiasm and fills the words with inspiration. (*OS* 154)

결국 롱기누스는 '정서란 필요에 의해서만 사용할 것'을 주문한다고 볼 수 있다. 이 논리는 엘리엇이 반낭만적 창작 방식을 주창하고 있다는 사실에 의해서도 롱기누스와 유사함을 알 수 있다.[28] 엘리엇은 시종일관 독자에게 감흥을 주기위해 정서에 의존하지 않고 정서를 가능한 절제 또는 자제하려고 노력한 시인이다. 이 사실은 바로 엘리엇의 다음 주장에서 알 수 있다.

> 시는 우연적 자극일 수 있다. 시를 즐기는 목적은 개인적 정서의 모든

---

28) 여기서 엘리엇은 흔히 정의하는 낭만주의와는 대조를 보인다. 워즈워스(William Wordsworth)는 『서정가요집』(*Lyrical Ballads*) 서문에서 "시란 강력한 감정의 자발적 넘쳐흐름이다. 그것은 고요 속에서 회상된 정서로부터 그 기원을 갖는다"(Poetry is the spontaneous overflow of powerful feelings: it takes its origin from emotion recollected in tranquility)고 주장한바 있다(Dyson 39). 이와 같이 낭만주의는 감정과 밀접한 관련이 있다.

사건들이 제거된 순수한 명상이다. 그래서 우리는 실제로 있는 그대로의 대상을 보고 아놀드의 표현에 대한 의미를 찾는 것을 목표로 삼는다.

The poetry may be an accidental stimulus. The end of the enjoyment of poetry is a pure contemplation from which all the accidents of personal emotion are removed; thus we aim to see the object as it really is and find a meaning for the words of Arnold. (*SW* 14-15)

결국 시란 개인적 정서가 제거된 상태의 모습으로 나타난 표현을 감상하는 것이다. 이것이 곧 대상을 그대로 인식할 수 있는 방법—일종의 객관화라고 할 수 있음—이 될 수 있는 것이다.

또 한편 롱기누스는 외면적 발화 또는 직접적 발언보다도 침묵silence이 오히려 효과적일 수 있다고까지 주장하기에 이른다.

때때로 또한 어휘를 목소리로 내지 않고서도 있는 그대로의 개념은 그것이 표현하는 영혼의 고상함 때문에 우리를 놀라게 한다. 죽은 자의 서(書)에서 에이잭스의 위대한 침묵은 어떤 발언보다도 더 인상적이다.

Sometimes also, without a word being uttered, a bare conception amazes us because of the nobility of soul it express; the great silence of Ajax in the Book of the Dead is more impressive than any utterance. (*OS* 155)

이는 엘리엇이 행한 주변 분위기에 대한 묘사 또는 시적 화자가 처한 상황에 대한 단순 묘사로 인해 그 효과를 충분히 전달하고 있는 것과 유사하다. 마치 드라마에서의 주인공들 사이에 흐르는 침묵이 오히려 극의 분위기를 고조시키는 것과 유사하게 엘리엇은 다음과 같이 표현한다.

나는 여기 있네. 메마른 달의 한 늙은이
아이에게 책 읽혀 들으며 비를 기다리는.
나는 한 번도 열전의 성문에 서 본 일도 없고,
온화한 비속에서 싸운 적도 없고,
바닷물 늪에서 무릎 적시며 단검을 휘두르고,
파리 떼에 뜯기면서 싸운 적도 없다.

Here I am, an old man in a dry month,
Being read to by a boy, waiting for rain.
I was neither at the hot gates
Nor fought in the warm rain
Nor knee deep in the salt marsh, heaving a cutlass,
Bitten by flies, fought. (*CPP* 37)

여기서 먼저 독자는 주인공이 처한 상황에 대한 묘사를 통해서 주인공의 현 상황을 쉽게 이해할 수 있다. 도노휴Denis Donoghue 또한 "엘리엇은 침묵을 사랑한 문학가라고 평가한바 있듯이"(Pauley 재인용 113) 우리는 위에 나타난 주인공 자신의 상황을 음성에 의존하지 않는 단순 묘사에 의해 주인공의 정체성을 어느 정도 인식할 수 있다. 주인공 자신이 "메마른 달의 한 늙은이라고 나의 주체성이 서두에서 제시되고 있듯이(이만식 153) 노인의 현재 상황을 음성표현에 의존하지 않고 단순 묘사에 의해서도 독자는 이해할 수 있다. 롱기누스의 실제 음성에 의한 표현에 의존하지 않는 묘사의 효과가 엘리엇에게는 상황의 묘사에 의해 그 효과가 나타나고 있음을 알 수 있다. 이와 유사하게 윌리엄슨George Williamson은 "게론티온의 외침은 더욱 더 간접적 표현을 통해 나타난다"(88)고 주장하여 주인공 게론티온의 상황이 첫 도입부부터 간접적 표현에 의존하고 있음을 알 수 있다.

계속하여 정서 표현과 관련해서 롱기누스는 호머Homer를 칭찬하면서 『일리아드』*Iliad*에 등장하는 에이잭스Ajax가 비탄에 빠져 기도하는 모습을 예로 든다.

> 오 제우스 신이시여, 어둠으로부터 아카이아의 자손들을 구해주시고 낮을 밝게 해 주시어 우리가 우리의 눈을 사용할 수 있도록 허락해 주소서. 적어도 우리를 태양빛 속에서 파멸시키소서.

> O Father Zeus, deliver from the darkness the sons of the Achaeans, make it bright day, permit us to use our eyes; at least destroy us in the sunlight. (*OS* 157)

이 표현에 대해 롱기누스는 "에이잭스의 감정이 매우 진실되게 묘사되어 있으며 에이잭스가 생명을 구걸하지 않는 이유는 그 행위가 영웅에게는 너무 부끄럽기 때문"(*OS* 157)이라 분석한다. 결국 롱기누스의 진단은 표현력의 우수성과 신중성을 동시에 이야기하는 것이라 볼 수 있다. 그래서 롱기누스는 작가에게 다음과 같이 경고한다.

> 우수성의 한 가지 근거는 본질적 요소 중에 가장 적당한 것을 선택해서 이들이 단 하나의 살아 있는 실체를 형성시키기 위해 이들을 배열하는 힘이다. 그 과정 중에 일부는 주제 선택에 의하여 독자를 즐겁게

해 주지만 다른 부분은 선택된 것을 함께 조립함으로써 독자를 즐겁게 해준다.

. . . one cause of excellence is the power to choose the most suitable of the constitutive elements and to arrange them so that they form a single living body. On part of the process pleases the reader by its selection of matter; the other by its putting together of what has been chosen. (*OS* 159)

여기서는 작품 전체에 통일성을 주기위한 방법으로 주제 선택의 중요성은 물론 그 주제와 관련된 요소들의 적절한 배열 또는 그 연결 관계를 강조하는 것이다. 결국 전체와 부분 간의 유기적 통일성을 강조하는 것으로서 이는 엘리엇이 사용한 모자이크mosaic와 몽타주montage 그리고 인유allusion의 경우에 대입할 수 있다. 엘리엇이 사용한 이러한 창작기법들은 각각 이질적인 것처럼 보이지만 이들 사이에는 유기적 관계가 성립함을 알 수 있다. 즉 배열상의 통일성이라고 부를 수 있는데 엘리엇은 이를 실천에 옮기고 있는 것이다.

계속해서 표현상의 우수성을 성취하는 또 하나의 방법으로 롱기누스는 다음을 제시한다.

그것은 고대의 위대한 산문작가와 시인들의 모방과 경쟁이다. 나의 친구여,[29] 우리 전력을 다해서 이것에 정신을 집중하자.

It is imitation and emulation of the great prose writers and poets of

29) 여기서 친구란 서론에서 언급한 포스투미우스 테렌티아누스를 말한다.

antiquity. Let us apply ourselves to this, my dear friend, with all our might. (*OS* 163)

그러니까 롱기누스는 단순히 과거와는 분리된 작가의 독창적 발상만을 강조하는 것이 아니다. 즉 선배작가들의 작품의 창작법을 살펴볼 것을 요청하는 것이다. 이 주장을 엘리엇에게 적용하면 엘리엇의 전통의식을 엿볼 수 있는 것으로서 엘리엇은 "작가란 단순히 홀로 평가될 수 없다" 라고 주장한 시인이다.

어떤 시인 그리고 어떤 예술의 예술가도 자신의 완벽한 의미를 홀로 가지지는 못한다. 그의 중요성, 즉 그에 대한 평가는 그와 죽은 시인들과 예술가들과의 관계에 대한 평가이다. 당신은 그를 홀로 평가할 수는 없다. 당신은 그를 대조와 비교를 위해서 죽은 자들 사이에 두어야한다.

No poet, no artist of any art, has his complete meaning alone. His significance, his appreciation is the appreciation of his relation to the dead poets and artists. You cannot value him alone; you must set him, for contrast and comparison, among the dead. (*SW* 49)

사실상 위의 내용은 "모방imitation이라 부를 수 있는 것으로서 이는 작품 창작과정에서의 강조점이 대상에 대한 기술적 모방에서 작가 자신의 주관성에 대한 정신적 표현으로의 이동이라 할 수 있다"(Wangmei 31). 결국 엘리엇의 주장은 "작가에게 요구되는 것은 호머 이후의 문학사를 터득하는 일이며 과거에 대한 의식을 키우는 일"(김병옥 65)이라 할 수 있다. 이와 같이 고대작가와의 대조를 통해서만이 현 작가의 위대성을 평가할 수 있는데 이 논리를 강조하기 위하여 롱기누스는 다음과 같이 주장한다.

> 철저하게 호마풍인 사람이 단지 헤로도토스뿐이였는가? 아니다. 그보다 앞서 스테시코러스와 아르킬로코스가 있었다. 그리고 무엇보다도 호마 풍의 샘물에서 천 개의 실개 천(川)을 자신의 시냇물로 전환시킨 플라톤이 있었다.
>
> Was it only Herodotus who was thoroughly Homeric? No, Stesichorus and Archilochus were before him; and above all there was Plato, who diverted into his own stream a thousand little rills from the Homeirc spring. (*OS* 164)

즉 롱기누스와 엘리엇 이 둘 사이의 공통점이란 어느 한 시인의 현재는 단순히 그 시인만의 독창성에 의해서 이루어진 것이 아니라는 점이다. 철저하게 선배작가들의 장/단점을 통해 걸러진 위대한 결과가 한 작가의 위대성이라 할 수 있다. 바로 이와 같은 논리는 엘리엇은 "과거와 현재의 연속성과 이 둘 간의 유기적인 관계를 강조한다"(이홍섭 114)는 평가에 의해서 롱기누스의 주장과 유사함을 알 수 있다. 결국 과거의 작가를 통해서만 현재의 작가를 판단할 수 있다는 논리가 성립하는 것으로서 이는 "엘리엇은 다양한 소재 또는 자료들을 자신의 것으로 만들어낸 시인 중에 하나"(Frye 27)라는 평가와 유사하다. 다시 말해 엘리엇은 그의 작품에서 셰익스피어William Shakespeare, 단테, 보들레르Charles Baudelaire 등을 이용하여 자신이 나타내고자 하는 바를 전달하고 있다.

그러면서 롱기누스는 지나치게 독창적인 표현을 위해 애쓴다면 청자들hearers에게 특히 의심suspicion을 유발할 수 있다면서 최상의 과장이란

"그것이 과장이라는 사실을 청자가 인식하지 못할 때 최고인 것처럼 보인다"(*OS* 170)고 주장한다. 그러면서 표현상의 기교에 대해서 다음과 같이 간단하게 결론 내린다.

> 정성들여진 기교가 그것의 아름다움과 웅장함에 의해서 감추어질 때 그 표현은 더 이상 겉으로 드러나지 않으며 모든 의구심을 피하게 된다.
>
> When the craft with which it has been elaborated is concealed by its beauty and grandeur, the figure is no longer obvious and escapes all suspicion. (*OS* 171)

간단히 말해, 표현상의 아름다움과 웅장함이 시적 효과를 가져 오는 기본 요소라고 할 수 있으며 이것이 이루어지면 모든 의심 또는 의구심을 독자들이 갖지 않는다는 것이라 할 수 있다. 앞서 언급했듯이 작가는 표현 시 적절한 수사학적 기법을 사용하라는 것이다.

그러면서 롱기누스는 독자에게 직접호소direct appeal, 즉 청자를 명확하게 설정할 것을 강조하면서 몇 가지의 경우를 보여준다. 그 하나가 바로 "그달에 당신은 바다 물결 가운데 있지 않도록 조심하십시오."In that month see to it **thou** are not in the midst of the wash of the sea(필자강조 *OS* 178)이다. 바로 이 표현에 대해서 롱기누스는 "헤로도토스가 당신thou 등을 사용함으로써 청자로 하여금 사건과 직접 연루되게 만든다"(*OS* 178)며 찬사를 보낸다. 한마디로 롱기누스의 주장의 핵심은 '지시대상의 명확화' 또는 '지시대상의 정확한 설정'이라 요약할 수 있다. 이와 같은 롱기누스의 논리를 엘리엇은 다음과 같이 시화한다.

일 년이 갱생하는 그때
호랑이 그리스도는 왔다.
타락한 오월, 산수유와 밤, 꽃피는 소방 나무는 왔다.
귓속말 주고받는 사이에
먹히고, 분배되고, 마셔지기 위하여
리모즈에서 애무의 손질하며
옆방에서 밤새 거닐었던 실베로 씨에게,
또한 티티안의 그림들 사이에서 머리 숙이는 하까가와 씨에게
또한 어두운 방에서 촛불을 옮기는
드 토른퀴스트 부인에게, 또한 한 손을 문에 대고
대청에서 돌아섰던 쿨프 양에게.

In the Juvescence of the year
Came Christ the tiger
In depraved May, dogwood and chestnut, flowering judas,
To be eaten, to be divided, to be drunk
Among whispers; by Mr. Silvero
With caressing hands, at Limoges
Who walked all night in the next room;
By Hakagawa, bowing among the Titians;
By Madame de Tornquist, in the dark room
Shifting the candles; Fra"ulein von Kulp
Who turned in the hall, one hand on the door. (*CPP* 37-38)

「게론티온」은 세상에 거의 드러나지 않은 긴장감과 공포감을 나타낸다는 사실을 보여주고 있는 시로서(Bush 40) 위에 나타난 실베로, 하카가와, 드 토른퀴스트, 쿨프 등은 "끊임없는 외로움, 황혼, 회피, 불신감, 불확실

함, 좌절 등을 암시한다"(Drew 53)고 한다. 엘리엇은 바로 이와 같은 인물들을 설정하여 각각의 의미를 명징화하고 있다.

또 한편 롱기누스는 완곡법Periphrasis 사용을 권고한다.

> 당신은 노동을 행복한 삶의 안내자로 간주합니다. 그래서 당신은 당신의 영혼 속에 가장 당당하고 가장 용맹스러운 보물을 간직했어요. 그 이유는 어떤 다른 것보다도 당신은 찬양 받고 싶어 하기 때문입니다.
>
> You look on labor as the guide to a happy life, and you have stored up in your souls the fairest and most soldierly of treasures, for before all else you desire to be praised. (*OS* 180)

위 표현법에 대해서 롱기누스는 크세노픈Xenophon이 "당신은 노동을 원합니다"You wish to labor라는 표현 대신에 "당신은 노동을 행복한 삶의 안내자로 간주합니다"You look on labor as the guide to a happy life라고 표현한 것에 대해 찬사를 보낸다(*OS* 180). 한마디로 완곡한 표현법 사용에 대한 롱기누스의 찬사라고 할 수 있으며 엘리엇 역시 다양한 수사학적 상징과 이미지의 표현을 사용한 바 있다.

3. 나오는 말

롱기누스는 『숭고에 관하여』를 통하여 작품 창작 기법에 대하여 여러 가지를 권고한다. 우선 가장 눈에 띄는 것은 언어선택의 탁월성이다. 흥미롭게도 이것은 엘리엇의 경우에도 적용된다. 즉 이 둘은 시어의 미학적 사용만을 권고하지는 않는다. 다시 말해 이 둘은 가능한 정서에 의존하지 않은 언어 표현을 주장하는 것으로서 엘리엇은 이를 객관적 상관물로 대변하고 있다.

또한 롱기누스는 지나친 과장보다는 적절한 과장법 사용을 권장하고 있으며 가장 좋은 과장이란 독자가 그것을 과장이라고 인식하지 못하는 것이라고 정의한다. 아울러 롱기누스는 작가가 지나치게 새로움을 추구하다가는 미성숙한 표현법에 빠질 수 있다는 것을 경계해야 하며 가능한 모든 표현은 현실과 유리되어서는 안 된다고 주장하며 다양한 표현법의 변화를 주장하는데 엘리엇 역시 그것들을 따르고 있는 것을 볼 수 있다. 즉 엘리엇은 말을 듣는 대상을 명확하게 설정하고 있으며 모자이크, 몽타주 그리고 다양한 인유 등을 사용한다.

그리고 롱기누스와 엘리엇에게 공통점이란 선배 작가들을 떠나서는 훌륭한 작품이 생산될 수 없으며 작품 각각의 구조는 전체와 유기적으로 관련되어야 하며 수사학적 표현법 사용을 권고한다는 것이다.

* 이 글은 한국 T. S. 엘리엇학회의 학술지 『T. S. 엘리엇연구』(제25권 1호, 2015년) pp.101-122에 게재되었던 것을 일부 수정했음을 밝힌다.

인용문헌

김병옥. 「만하임 사회이론에 대한 엘리엇의 응답: 개성배제와 전통의 문제를 중심으로」. 『T. S. 엘리엇연구』 18.2 (2008): 59-95.

이만식. 「T. S. 엘리엇 초기시의 주체성」. 『T. S. 엘리엇연구』 24.1 (2014): 129-156.

이윤섭. 「유기론적 전통과 엘리엇의 비평: 객관적 상관물을 중심으로」. 『T. S. 엘리엇연구』 19.2(2009): 167-191.

이창배. 『T. S. 엘리엇전집: 시와 시극』. 서울: 동국대학교 출판부, 2001

이홍섭. 「전통과 감수성: T. S. 엘리엇과 F. R. 리비스」. 『T. S. 엘리엇연구』 22.1 (2012): 109-133.

Bush, Ronald. *T. S. Eliot: A Study in Character and Style.* Oxford: Oxford UP, 1983.

Dale, Alzina Stone. *T. S. Eliot: The Philosopher Poet.* Illinois: Harold Shaw Publishers, 1988.

Drew, Elizabeth. *T. S. Eliot: The Design of His Poetry.* New York: Charles Scribner's Sons, 1949.

Dutton, Richard. *An Introduction to Literary Criticism.* London: Longman Group Limited, 1984.

Dyson, A. E. *Wordsworth: Lyrical Ballads.* ed. Jones, Alun R. and William Tydeman. London: The Macmillan Press Ltd., 1972.

Eliot, T. S. *The Complete Poems and Plays of T. S. Eliot.* London: Faber and Faber, 1978. (CPP)

________. *For Lancelot Andrews: Essays on Style and Order.* London: Faber and Faber, 1970. (FLA)

________. *Selected Prose of T. S. Eliot*, ed. Frank Kermode. New York: Farrar, Straus and Giroux, 1975. (SP)

________. *The Sacred Wood: Essays on Poetry and Criticism.* London: Methuen & Co. Ltd., 1972. (SW)

Frye, Northrop. *T. S. Eliot.* New York: Capricorn Books, 1972. Print.

Gilbert, Allen H. *Literary Criticism: Plato to Dryden.* Detroit: Wayne State UP, 1962. (OS)

Hall, Vernon. *A Short History of Literary Criticism.* London: New York UP, 1963.

Hargrove, Nancy Duvall. *Landscape As Symbol in the Poetry of T. S. Eliot.* Jackson: UP of Mississippi, 1978.

Martin, Warner. "The Poetic Image" *Royal Institute of Philosophy* 71 (2012): 105-128.

Matthiessen, F. O. *The Achievement of T. S. Eliot: An Essay on the Nature of Poetry.* London: Oxford UP, 1976.

Moody, David. ed. *The Cambridge Companion to T. S. Eliot.* London: Cambridge UP, 1994.

Pauley, John-Bede. *Benjamin Britten, Herbert Howells, and Silence as the Ineffable in English Cathedral Music.* Durham Theses, Durham University. 2013.

Robson, W. W. *Modern English Literature.* Oxford: Oxford UP, 1984.

Scofield, Martin. *T. S. Eliot: The Poems.* London: Cambridge UP, 1988.

Smith, Grover. *T. S. Eliot's Poetry and Plays: A Study in Sources and Meaning.* Chicago: The U of Chicago P, 1994.

Stephen, Martin. *English Literature.* London: Pearson Education Limited., 2000.

Sullivan, Sheila. ed. *Critics on T. S. Eliot.* London: George Allen and Unwin, 1978.

Tamplin, Ronald. *A Preface to T. S. Eliot.* London: Longman Group UK Ltd., 1988.

Wangmei, Xiong and Chen Wei. "The Concept of Mimesis: Evolution from Plato to Longinus." *Studies in Literature and Language* (2014): 31-36.

Williamson, George. *A Reader's Guide to T. S. Eliot: A Poem by Poem Analysis.* New York: The Noonday Press, 1953.

en.wikipedia, org/wiki/Isaas.Casaubon

바이런과 엘리엇:
바이런에 대한 엘리엇의 평가와 실재

—

1. 서론

엘리엇T. S. Eliot은 시인이기에 앞서 문학비평가로서의 입지도 확고했다. 문학비평가로서의 엘리엇에게 가장 특징적인 것 중 하나는 낭만주의 작품 창작방식과는 상반된 입장을 취하고 있다는 사실이다. 특히 그는 낭만주의 시인들 중에서 워즈워스W. Wordsworth, 블레이크W. Blake, 셸리P. B. Shelley, 키이츠J. Keats, 바이런G. G. Byron, 예이츠W. B. Yeats 등에 대하여 각각 자신의 의견을 제시한다.[30] 이들 중에 바이런의 경우 「바이런」"Byron"

---

30) 먼저 워즈워스와 셸리 그리고 키이츠에 대해서는 엘리엇이 다른 작가들을 평가하는 중에 간헐적으로 이들에 대한 생각을 표현한 반면에 블레이크와 바이런 그리고 예이츠에 대해서는 자신의 의견을 비교적 자세히 진술한 바 있다. 커모드(Frank Kermode)가 편집한 『시의 사용과 비평의 효용』(*The Use of poetry and The Use of*

이라는 약 14쪽의 글을 통해 자신의 생각을 논리적으로 전개한다.

본 글은 엘리엇이 작성한 「바이런」을 중심으로 엘리엇의 평가를 가늠해 보는 것이 목적이다. 그 목적을 달성하기 위해서 본 글은 다음과 같이 구성되었다. 제1장을 서론으로, 그리고 제2장과 제3장은 본론으로서, 제2장은 바이런에 대한 엘리엇의 평가의 내용을 그의 주장에 근거하여 간략하게 살펴보고, 제3장은 엘리엇의 바이런에 대한 평가의 내용을 좀 더 구체적으로 조망해 보았다. 그리고 이들을 토대로 제4장을 결론으로 맺어 보았다. 최근까지 엘리엇과 낭만주의와의 관계에 대한 연구는 비교적 자주 출현하곤 했다. 우선 엘리엇과 바이런에 대한 직접적인 연구로서 래빈Alice Levin이 1978년에 「엘리엇과 바이런」"T. S. Eliot and Byron"이라는 연구를 수행했다. 그는 이 연구에서 주로 바이런의 『차일드 헤럴드의 순례여행』*Child Harold's Pilgrimage*과 엘리엇의 『황무지』*The Waste Land*를 서로 비교했다. 이글의 핵심이라면 래빈은 이 두 작품의 차이를 단순히 종류kind의 차이라기보다는 정도degree의 차이이며, 대립opposition의 차이라기보다는 변형transformation의 차이라고 주장하며 이 두 작품을 비교한다. 또한 매닝Peter J. Manning은 1979년에 「『돈 주안』과 영어어휘에 대한 바이런의 불인지성」"*Don Juan* and Byron's Imperceptiveness to the English Word")에서 바이런의 언어 표현 방식에 국한하여 엘리엇의 평가를 중심으로 재조명한바 있다. 이 연구에서 매닝은 엘리엇이 지적하고 있는 개별 어휘

Criticism)에 의하면 엘리엇이 셸리를 중심으로 평가하면서 간헐적으로 워즈워스를 언급하는데 그는 셸리 자신이 교훈적인 시를 선호하지 않는다고 했지만 그의 시는 주로 교훈적이라고 주장하며 또한 셸리가 「시의 옹호」("Defense of Poetry")에 사용한 언어는 과장되어 있으며 이것은 또한 워즈워스의 위대한 서문(preface)과 비교해 볼 때 다소 열등한 글이라 평가한다(*SP* 85).

individual word보다는 어휘와 어휘들 사이의 관계를 주목할 필요가 있다며 『돈 주안』을 연구했다. 국내에서는 안영수가 1995년에 「T. S. 엘리엇과 낭만주의」에서 엘리엇과 낭만주의 관계를 약술한 바 있다. 이와 같은 연구들을 통해 우리는 엘리엇과 낭만주의가 비교적 밀접한 관계가 있다는 사실을 인식함에도 불구하고 2000년 이후로는 연구되지 않고 있음을 알 수 있다.

2. 바이런에 대한 엘리엇의 평가

엘리엇은 「바이런」의 목적을 "현재까지 바이런에 대한 비평가들의 의견이 너무 다양하기 때문에 자신이 합의점을 찾아내는 것"(*OPP* 193)이라 밝힌다. 그러면서 그는 「바이런」의 서두를 "바이런의 인생에 대한 대부분의 사실들은 지난 몇 년 동안 헤럴드 니콜슨 경Sir Harold Nicolson과 퀜넬Mr. Quennell이 적절히 설명했다"(*OPP* 193)고 시작한다. 위와 같이 엘리엇은 바이런의 삶에 대한 특징은 바로 위 두 사람이 적절하게 규명했다고 평가한다. 즉 그의 인생에 관한 여러 가지 사실들은 대체로 밝혀졌다는 것이다. 그런 반면 엘리엇은 "바이런과 스콧Scott의 시에 대한 해석은 현재까지 제공되지 않았다"(*OPP* 193)며 화제를 삶이 아닌 작품으로 전환한다. 즉 바이런의 인생에 대한 사실들은 비교적 현대인들에게 어느 정도 전달되어 밝혀졌으나 바이런의 시에 대한 해석은 베일에 가려져 밝혀지지 않았다는 것이 엘리엇의 주장이다.

그러면서 엘리엇은 "첫 소년시기의 열정으로 시를 창작한 시인을 비평적 관점으로 회고하는 것은 난해하며, 바이런의 경우에는 이미지가 이성보다 앞선다"(*OPP* 193)며 바이런에 대한 진정한 평가의 어려움을 솔직히 토로한다. 즉 시적 내용이나 기법이 소년기의 열정을 그대로 간직하고 있는 시인을 비평적 잣대로 평가한다는 것은 난해하며 바이런의 경우도 예외는 아니라고 볼 수 있다. 이는 '언어의 구사력'을 지적하는 것으로서 엘리엇은 시를 진부하게 만들고 시인의 사고thought를 빈약하게 만드는 것은 바로 아이디어idea의 취약성이 아니라 소년 수준의 언어 구사력이라고 주장한다(*OPP* 201). 그러나 엘리엇의 이와 같은 주장과는 대조적인 평가도 우리는 살펴볼 필요가 있다.

> 바이런 자신은 애버딘 학생에서 런던의 멋쟁이로 변화했으며 그는 다른 악센트와의 함축적 의미에 대한 개인적 견해를 명백할 정도로 예리하게 인식했다는 것과 점차적으로 당대의 관례적인 영국발성의 성향에 대한 그의 반응을 고려하는 것은 주목할 만하다.
>
> It notes that Byron himself had made the transition from Aberdeen schoolboy to Lond dandy, and that he was evidently acutely aware from a personal point of view of the implications of different accents, and it considers his response to the increasingly prescriptive British elocutionary climate of his time. (Jones 121)

위와 같은 사실에서 우리는 바이런이 구사한 언어의 특성을 살펴볼 수 있다. 엘리엇은 언어의 구사력에 평가의 기준을 놓는 반면에 존스Jones는 바이런의 악센트와 발성법은 눈여겨 볼만하다고 평가하여 다소 대조를 이룬다. 그러나 엘리엇은 바이런의 경우 "극복해야 할 더 일반적인 장애물이 있다"(*OPP* 193)면서 바이런이 창작한 시의 양量과 질質에 대해서 다음과 같이 주장한다.

> 바이런의 시의 양은 질과 비례하여 볼 때 안타깝다. 우리는 그가 결코 어느 것도 파괴하지 않았다고 생각할 수 있다. 그러나 바이런식의 시인에게는 양이 불가피하다. 그의 시작(時作)에 파괴적인 요소가 없다는 것은 그가 시에서 취한 관심의 종류, 결여된 관심의 종류를 보여준다.

> The bulk of Byron's poetry is distressing, in proportion to its quality; one would suppose that he never destroyed anything. Yet bulk is inevitable in a poet of Byron's type; and the absence of the destructive element in his composition indicates the kind of interest, and the kind of lack of interest, that he took in poetry. (*OPP* 193)

한 가지 흥미로운 점은 엘리엇이 작가의 작품을 평가할 때 양과 질을 대조한다는 것이며 그 주장의 핵심이란 작품의 양과 질의 균형이라 할 수 있다. 이와 같은 주장을 구체화시키기 위해서 엘리엇은 "우리는 시란 매우 농축된 것, 즉 증류된 어떤 것이라고 예상하지만 만약에 바이런이 자신의 시를 증류했다면 남겨진 것이 무엇이든 간에 아무것도 없었을 것"(*OPP* 194-95)이라 주장한다. 그래서 엘리엇은 바이런 작품이 지닌 양적 특성보다는 질적 특성에 대한 평가로 시선을 돌린다.

> 우리는 그가 하고 있었던 것을 정확하게 볼 때, 우리는 그가 그것이 행해질 수 있는 것만큼이나 잘 그것을 했다는 사실을 알 수 있다. 대부분의 그의 단시에서는 우리는 그가 톰 모어도 할 수 있거나 더 잘 할 수 있었던 것을 바이런도 하고 있었다는 느낌을 갖는다. 그의 장시에서는

그는 어느 누구도 필적할 수 없었던 것을 그가 해냈다.

When we see exactly what he was doing, we can see that he did it as well it can be done. With most of his shorter poems, one feels that he was doing something that Tom Moore could do as well or better; in his longer poems, he did something that no one else has ever equalled. (*OPP* 194)

서두에서 밝힌 바와 같이 다른 낭만주의 시인들에 비하여 문학적으로 소외되었던 바이런을 엘리엇은 위와 같이 평가한다. 바이런이 실제로 행하고 있었던 것은 바로 행해질 수 있는 것만큼이나 잘 수행되었으며 동시에 "단시에 있어서는 바이런과 최고의 친구이자 문필가로서는 경쟁자인 모어Tom Moore"(Dish 59)만큼 우수하다는 칭찬과 동시에 장시에 있어서도 그 어느 누구와도 필적할 만한 작가가 없을 정도로 훌륭했다는 것이 엘리엇의 견해이다. 이 사실을 좀 더 강화하려는 듯 엘리엇은 바이런을 스코틀랜드 시인Scottish poet으로 간주할 것을 제안하는데 이유는 바이런이 영어로 작품을 창작했기 때문이라 주장한다(*OPP* 194). 이 사실은 바이런이 『돈 주안』의 제10편에서 자신을 "스코틀랜드 인But I am half a Scot by birth이라고 언급하거나 바이런은 스콧뿐 아니라 호그James Hogg와 상호 교류한 스코틀랜드 작가라는 평가"(Hughes 133)에 의해서도 엘리엇 주장의 진위가 증명될 수 있을 것이다. 그러면서 엘리엇은 흉상을[31] 흥미롭게

31) 엘리엇은 스콧과 바이런의 흉상을 동시에 비교하면서 특히 머리모양의 유사성을 보고 상상했다면서 "우리가 이 두 사람의 얼굴을 자세히 살펴보면 깊은 유사성이 없으며 또한 누군가 주위에 흉상 놓기를 원하는 자가 있다면 아마도 스콧의 흉상을 가지고 싶어 할 것이다. 스콧의 흉상에는 머리 주위에서 고상한 분위기를 풍기며 너그러

예로 들면서 바이런을 배우에 비유한다. 즉 엘리엇은 바이런이 철저하게 배우가 됨으로써 학문의 본질에 다가갔고 외부 세계의 본질을 꿰뚫어 볼 수 있었다고 주장한다. 이 주장에 대한 이유를 엘리엇이 구체적으로 밝히지는 않았지만 바이런은 현실을 새로운 각도로 인식했다고 할 수 있을 것이다. 이 점이 오히려 바이런으로 하여금 학문의 본질에 다가갈 수 있는 계기가 되었다고 볼 수 있다. 지금까지의 엘리엇의 주장으로 유추해 볼 때 바이런을 고요한 수면 깊숙한 곳에 단순히 감추어 두는 것은 불합리하며 그의 문학적 특성을 수면위로 건져 내어서 살펴볼 필요가 있다는 것이 엘리엇의 바이런에 대한 평가의 핵심이라 할 수 있다.

3. 바이런에 대한 엘리엇 평가의 실재

이제 제3장에서는 바이런을 수면 위로 인양해서 그가 지닌 문학적 특성을 살펴보게 될 것이다. 엘리엇은 「바이런」 전체를 바이런의 문학적 특성에 초점을 맞추고 있으며 주로 『돈 주안』에 대한 평가에 집중한다. 먼저 그는 바이런의 시를 고려하기에 앞서 적절하게 언급할 수 있는 바이런식의 구조에 있어 중요한 부분이 있는데 그것이 바로 바이런의 악마주의diabolism라 한다(*OPP* 194). 그러나 엘리엇은 "바이런의 악마주의는 낭만적 고뇌가 가톨릭 국가 속에서 만들어낸 것과는 매우 차이가 있다"(*OPP* 194)며 바이런의 악마주의를 다음과 같이 분석한다.

움과 위인이면서 동시에 위대한 작가들이 지닌 내적이고 무의식적인 평온함이 있다. 그러나 바이런은 비만의 경향을 암시하는 작은 얼굴, 약하고 관능적인 입, 침착하지 못한 표현상의 평범함, 철저하게 순회하는 비극작가였던 사람의 흉상"(*OPP* 194)이라 주장하여 스콧과 바이런 사이에는 서로 대조됨을 알 수 있다.

바이런의 악마주의는 이것이 정말로 그 이름만큼 가치가 있을지라도, 혼합된 형식이었다. 그는 어느 정도 셸리의 프로메테우스 방식과 자유를 위한 낭만적 열정을 공유했다. 그리고 그의 더 많은 정치적 폭발을 고무시켰던 이런 열정은 그리스식의 탐험을 초래하기 위한 행동하는 인간으로서 그 자신의 이미지와 결합했다. 그리고 그의 프로메테우스 방식은 사탄식(밀턴식) 방식으로 합병된다.

Byron's diabolism, if indeed it deserves the name, was of a mixed type. He shared to some extent, Shelley's Promethean attitude, and the Romantic passion for Liberty; and this passion, which inspired his more political outburst, combined with the image of himself as a man of action to bring about the Greek adventure. And his Promethean attitude merges into a Satanic(Miltonic) attitude. (*OPP* 195)

위의 분석에서 우리는 바이런의 악마주의는 복합적 형태로 구성되었다는 사실을 알 수 있다. 즉 그것은 단일 방식이 아닌 복합적 형식을 띠고 있으며, 그 예가 바로 셸리의 프로메테우스식과 낭만적 열정을 공유한다는 것이며 이는 다시 사탄의 방식으로 통합된다는 것이다. 한편 이와 같은 바이런의 악마주의를 스티븐Martin Stephen은 다음과 같이 정의한다.

바이런은 고통당한 인물, 아마 악마였지만 자신의 행동의 아이러니를 볼 수 있는 악마이며 또한 아마도 마지막 논점에서 어느 누구도 더 흥미로운 어떤 것을 제공하지 못했기 때문에 악마성을 선택한 악마였다.

Byron was a tormented figure, a devil perhaps, but a devil who could see the ironies of his own behaviour, and who had perhaps chosen devildom because, in the last count, no one had offered anything more exciting. (92)

이와 같이 엘리엇과 스티븐의 평가를 통해 우리는 바이런의 악마주의의 특성을 알 수 있다. 즉 바이런의 악마주의는 오히려 흥미로운 것을 제공할 수 있는 인물이 없었기 때문에 바이런이 악마가 되었다는 것이다.

계속해서 엘리엇은 바이런이 실제로 거만한 인물이었는지 또는 거만한 인물로 분류되기를 선호했는지를 구분하기란 어렵다며 동일 인물에게 두 가지 방식이 결합될 수 있는 가능성은 이론상 많은 차이가 있다(*OPP* 194)고 주장한다. 결국 이 두 종류, 즉 실제 거만한 인물과 거만한 인물로 분류되기를 소망한 인물이란 매우 다른 것이며 해즐릿William Hazlitt은 바이런을 "인류의 어떤 다른 인물들보다 더 높은 곳에 위치한 극도로 거만한 시인"(Hands 재인용 144)으로 평가하는가 하면 엘리엇 또한 이와 유사하게 바이런을 허영심이 강한 시인으로 분류하며 다음을 예로 든다.

나는 누구의 조상들이 거기에 있는지 불평할 수 없다.
어니스와 라둘푸스, 84개의 장원들
(내 기억이 크게 틀리지 않다면)
빌리의 국기를 추종한 것에 대한 그들의 보답이다.

I can't complain, whose ancestors are there,
Erneis, Radulphus-eight-and-forty manors
(If that my memory doth not greatly err)
Were their reward for following Billy's banners. . . . (*OPP* 195)

바로 윗부분은 『돈 주안』 제10편의 일부로, 엘리엇은 이 부분에 대해 "바이런의 저주 섞인 표현은 비실제적인 기법에 의해 완화되었다"(*OPP* 195)며 이제 악마주의와 바이런의 관계를 좀 더 구체적으로 진단한다.

> 그러므로 그의 악마주의로부터 일관되거나 합리적인 것을 만들어 낸다는 것은 불가능하다. 그는 그 두 가지 방식을 모두 소유할 수 있었던 것처럼 보인다. 자기 자신의 범죄 때문에 고립된 개인으로서 그리고 타인보다 우월한 존재로서 그리고 타인에 의해 그것에 저항해서 저질러진 범죄로 인해 왜곡된 천성적으로 선하고 관대한 본성을 지닌 존재로 생각한 것 같다.

> It is therefore impossible to make out of his diabolism anything coherent or rational. He was able to have it both ways, it seems; and to think of himself both as an individual isolated and superior to other men because of his own crimes, and as a naturally good and generous nature distorted by the crimes committed against it by others. (*OPP* 195)

이는 바로 앞선 바이런의 악마주의에 대한 평가—복합적 특징을 소유한 것—와 유사하게 바이런의 악마주의는 명석한 것이나 합리적인 것 중 하나를 창조하는 것이 아니라 이 두 가지 방식 모두를 소유했다고 엘리엇은 분석한다. 엘리엇은 이렇게 명석한 것과 합리적인 것의 중간 상태, 즉 조화롭지 못한 상태에서 창작된 작품들이 바로 『이단자』*Giaour*, 『해적』*the Corsair*, 『라라』*Lara*, 『만프레드』*Manfred*와 『카인』*Cain* 등이지만, 단지 『돈 주안』에서만큼은 바이런이 자신의 진실에 더 근접한다고 분석한다(*OPP* 195). 이 논리는 "『돈 주안』에서만 바이런은 자신을 배제한 채 일반인을 위해서 창작했다"(Abrams 230)는 평가에서 보듯 『돈 주안』에서만큼은 바이런이 작품과 자신과의 관계를 객관화시켰다고 볼 수 있다.

그러면서 엘리엇은 『돈 주안』에서 볼 수 있는 설화시적 특성은 관심을 가질 만하다며(*OPP* 196) 재담가tale-teller로서의 바이런을 다음과 같이 평가한다.

> 재담가로서 바이런을 정말로 매우 높게 평가해야한다. 나는 바이런이 남용하고 아주 많은 것을 배운 콜리지를 제외하고 더 위대한 가독성을 지닌 사람은 초서 외에는 생각할 수 없다. 콜리지는 결코 그렇게 긴 서사를 완성하지 못했다.

> As a tale-teller we must rate Byron very high indeed: I can think of none other than Chaucer who has a greater readability, with the exception of Coleridge whom Byron abused and from whom Byron learned a great deal. And Coleridge never achieved a narrative of such length. (*OPP* 196)

위에서 보는 바와 같이 엘리엇은 가독성에 있어서는 바이런과 초서Chaucer가 서로 비슷하지만 길이에 있어서는 콜리지Coleridge가 다소 부족하다고 평가한다. 재담가로서의 바이런을 이처럼 높게 평가한 후 엘리엇은 바이런이 사용한 플롯plot의 특징으로 시선을 전환한다.

> 바이런의 플롯은 그 이름을 플롯이라고 불릴 수 있다면 매우 단순하다. 이야기를 흥미롭게 만드는 것은 첫째로는 엄청난 시적 유창함과 단조로움을 피하기 위해 그에 변화를 주는 기술이며 두 번째는 이탈의 천

재라는 것이다.

> Byron's plots, if they deserve that name, are extremely simple. What makes the tales interesting is first a torrential fluency of verse and a skill in varying it from time to time to avoid monotony; and second a genius for divagation. (*OPP* 196)

바이런이 사용한 플롯을 위와 같이 시적 유창함과 그것을 변화시키는 기술과 변형 또는 이형의 천재 등으로 규정하면서 엘리엇은 이를 증명하기 위해서 다음을 예로 든다.

> 그녀의 검은 눈의 매력은 말할 수 없을 정도지만
> 가젤의 눈을 쳐다보라.
> 그것이 당신의 환상을 잘 도와 줄 것이다.
> 크고 또한 무기력하게 만들 정도로 검지만
> 눈이 번쩍일 때마다 영혼이 빛을 내 뿜는다.

> Her eye's dark charm 'twere vain to tell,
> But gaze on that of the Gazelle,
> It will assist thy fancy well;
> As large, as languishingly dark,
> But Soul beam'd forth in every spark. . . (*I* 196)

바로 윗부분은 바이런의 『이단자』 중 일부이며 독자가 순간적으로 즐거움을 느낄 수 있다는 사실을 증명하기 위해 엘리엇이 인용한 부분이다. 엘리엇이 비록 구체적으로 그 이유를 밝히지는 않았으나 위에서 보는 것처럼 바이런은 여주인공의 모습을 매우 아름답고 강렬하게 묘사하여 독자의 시선을 강하게 모으고 있다. 그러면서 약 2쪽에 걸쳐(*OPP* 197-98) 바이런의 『이단자』의 내용과 줄거리에 대해 자신의 견해를 밝힌 후 엘리엇은 『돈 주안』에 나타난 이야기 전달 방식상의 특징을 요약한다.

> 그러나 저자는 그것(주인공의 행위)을 잘 해낼 뿐 아니라 그것을 이야기로서 잘 해낸다. 그것은 바이런이 『돈 주안』에서 더 잘 설명하려고 했던 것과 똑같은 재능이다. 『돈 주안』이 여전히 읽힐 수 있는 이유는 그것이 초기의 이야기들과 똑같은 특성을 지니고 있기 때문이다.

> Yet the author not only gets away with it, but gets away with it as narrative. It is the same gift that Byron was to turn to better account in *Don Juan;* and the first reason why *Don Juan* is still readable is that it has the same narrative quality as the earlier tales. (*OPP* 198)

즉 바이런이 작품 속 주인공의 행위를 재담가의 능숙한 화법에 의해 능숙하게 전개시킨다는 사실을 엘리엇이 높게 평가하면서 또한 이 때문에 바이런의 『돈 주안』이 현재까지 지속적으로 사랑받는다고 주장한다. 이와 같이 바이런의 이야기 전개방식의 우수성을 지적한 후 엘리엇은 바이런과 스콧과 모어의 이야기들tales을 동일 평면 위에 놓고 비교한 후 계속해서 바이런의 평가로 시선을 돌린다.

> 바이런은 이국적 표현을 실제와 결합시키며 긴장의 사용을 가장 효과적으로 개발했다. 나는 또한 바이런의 작시법은 가장 유능하다고 생각한다. 그러나 이런 종류의 시에서는 우리가 감동을 받으려면 자세히 읽

을 필요가 있으며 상대적 장점은 인용에 의해서는 보여질 수 없다.

> Byron combines exoticism with actuality, and developed most effectively the use of suspense. I think also that the versification of Byron is the ablest: but in this kind of verse it is necessary to read at length if one is to form an impression, and relative merit cannot be shown by quotation. (*OPP* 199)

위의 평가를 통해 우리는 바이런의 작시법에 대한 특성을 알 수 있다. 바이런은 이국적 (낯선) 표현을 실재와 맞게, 즉 현실에 맞는 정서로 변형했으며 이러한 작시법을 바이런의 장점 중에 하나라고 엘리엇은 평가한다. 다시 말해 낯선 표현 방식을 현실에 적합하게 변형시켰다고 할 수 있다. 이 논리를 입증하기 위해 엘리엇은 모어의 『랄라 루크』*Lalla Rookh* 의 일부분을 도입한다.

> 그리고 아! 외로운 달빛이 잠자는
> 무덤에서 발굴된 더미를 본다는 것
> 바로 그 독수리들이 떠났고
> 매우 시시한 먹잇감에 질렸다.
> 단지 맹렬한 하이에나만
> 한밤중에 도시의 황량한 길을 통하여 활보한다.
> 그리고 그가 죽인 시신들이 쌓이며
> 반쯤 죽은 가엾은 사람에게 구애한다.
> 그는 길거리의 어둠 속에서
> 그 크고 파란 눈의 빛에 마주친다.

And oh! to see the unburied heaps
On which the lonely moonlight sleeps-
The very vultures turn away,
And sicken at so foul a prey!
Only the fierce hyaena stalks
Throughout the city's desolate walks
At midnight, and his canage plies—
Woe to the half-dead wretch, who meets
The glaring of those large blue eyes
Amid the darkness of the streets! (*OPP* 199)

바로 윗부분은 엘리엇이 바이런과 모어의 창작기법을 비교하기 위해 인용한 것이다. 즉 바이런은 이국적 표현을 실재와 잘 결합했으며 긴장을 매우 효과적으로 사용한 반면 모어는 그렇지 못하다는 것이다. 계속해서 엘리엇은 『차일드 헤럴드』로 관심을 돌리며 이 작품은 비록 시간이 갈수록 흥미를 주지만 『이단자』, 『아비도스의 신부』*The Bride of Abydos*, 『해적』, 『라라』보다는 다소 열등해 보인다(*OPP* 199)며 워털루Waterloo 전투 뒤에 이어지는 연stanza을 예로 들며 자신의 주장을 이어간다.

멈추시오! 왜냐하면 그대의 발걸음은 황제의 시신 위에 있소!
지진 속에서 나온 것들이 아래 묻혀 있소!
그 곳이 큰 습격 없이 분할되었소?
기둥은 승리의 징후로 장식되어 있지 않소?
. . . .
그리고 이것이 들판의 처음이며 마지막인 그대가 쟁취한 전체의 세계요!
왕을 세우는 승리?

Stop! for thy tread is on an Empire's dust!
An Earthquake's spoil is sepulchred below!
Is the spot mark'd with no colossal bust?
Nor column trophied for triumphal show?
. . . .
And is this all the world has gained by thee,
Thou first and last of fields! king-making victory? (*OPP* 200)

바로 윗부분에 대하여 엘리엇은 허위false처럼 보이며 바이런이 시를 쓰려고 시도할 때마다 그가 도피처로 삼는 허위의 대표적인 예(*OPP* 199)라고 주장한다. 이와 같은 주장을 논리적으로 전개하기 위해 엘리엇은 수사학rhetoric으로 시선을 전환하면서 "우리가 바이런의 시를 '수사학적'이라 부름으로써 바이런의 시를 설명했다고 생각한다면 우리는 그 '수사학적'이라는 형용사를 밀턴Milton과 드라이든Dryden에게는 반듯이 사용하지 않을 것"(*OPP* 200)이라는 논리를 펼친다. 즉 밀턴이나 드라이든이 사용한 수사학적 표현기법은 바이런의 것과는 차이가 있다는 것이다. 그러나 수사학과 관련해서는 엘리엇의 주장과 대조적인 평가도 있다.

> 바이런은 습관적으로 수사학을 숨기는 그의 수사학을 대체 한다기보다는 중심부대로 끌어온다. 대부분의 작가들처럼 그는 발성을 선택하고 청중을 마음속에 그린다. 대부분의 낭만주의 작가들과는 달리 그는 직접적으로 또는 최종적으로 간접적인 표현수단이 될 수 있는 간접적인 모습으로 그렇게 한다.
>
> Byron habitually centre-stages rather than displaces his

rhetoric-that-conceals-rhetoric. Like most writers, he adopts a voice and envisions an audience. Unlike most Romantic writers, he does so directly-or with an appearance of directness that can be the ultimate indirection. (Graham 138)

바로 그레이엄Graham은 엘리엇의 주장과 상반된 평가를 내리고 있다. 드라이든과 밀턴에게서 볼 수 있는 개인적 표현 방식을 바이런에게서는 찾을 수 없다는 것이 엘리엇의 주장이지만 그레이엄은 오히려 바이런이 수사학을 작품 창작의 중심부로 끌어들인다는 것이다. 그러나 엘리엇은 그레이엄과는 달리 바이런의 단점을 다음과 같이 분석한다.

> 바이런에 대해서 우리는 . . . . 그가 언어에 아무것도 추가하지 못했으며 소리로 아무것도 발견하지 못했고 개별적 단어의 의미로 아무것도 개발하지 못했다고 말할 수 있다.

> Of Byron one can say, ... , that he added nothing to the language, that he discovered nothing in the sounds, and developed nothing in the meaning, of individual words. (*OPP* 200-01)

즉 바이런이 사용한 수사학적 언어표현이나 음가의 독창성 등을 지적하면서[32] 엘리엇은 "바이런은 사멸했거나 사멸해가는 언어로 작품을 창작

32) 그러나 작품 『카인』의 경우에는 "바이런이 매개체를 결정적으로 사용하며 어휘를 주제로 변형함으로써 언어를 적절하게 구사한다. 바이런의 계획적인 언어 구사능력으로 인해 그가 사용한 언어는 언어의 원형이 타락된 어법으로 변질된 것처럼 보이지만 이러한 번안(translation)의 효과 때문에 그 극은 더욱 강해진다"(Callaghan 125)는 평가에서는 엘리엇의 견해와 대치된다는 사실을 알 수 있다. 이런 사실로 볼 때

했거나 만약에 작가가 정서를 표현할 언어가 없다면 정서는 존재하지 않는 게 좋을 수도 있다"(*OPP* 201)며 바로 그 바이런의 실패의 원인을 다음과 같이 진단한다.

> 나는 이런 실패는 때때로 철학자인 것처럼 하는 진부함보다도 더욱 더 중요하다고 생각한다. 모든 시인은 평범한 것들을 이야기했고 모든 시인은 전에 들었던 것들을 말했다. 그의 시를 진부하고 그의 생각을 피상적으로 만드는 것은 바로 그의 아이디어의 취약성이 아니라 학생 수준의 언어 구사력이다.
>
> I think that this failure is much more important than the platitude of his intermittent philosophizing. Every poet has uttered platitudes, every poet has said things that have been said before. It is not the weakness of the ideas, but the schoolboy command of the language, that makes his lines seem trite and his thought shallow. (*OPP* 201)

엘리엇의 이러한 평가는 해즐릿의 "차일드 헤럴드는 주로 모든 학생의 생각과 유사한 것을 논한다"(Cheeke 재인용 5)는 주장과 일치하는 것으로서 엘리엇에게 있어서 시를 진부하게 만들고 사고를 단순히 피상적으로 만드는 요인은 빈약한 아이디어가 아니라 바로 어휘 구사력의 저속함이라고 할 수 있다.

그러나 다시 이와 같은 부정적인 평가와는 대조적으로 엘리엇은 다음부분을 예로 들어 바이런의 창작 기법을 높게 평가한다.

제2장에서 살펴본 바와 같이 바이런에 대한 비평가들의 견해가 반드시 일치되지는 않음을 알 수 있다.

거칠고 높게 카멜레온이 장미를 모으네!
알빈의 언덕들이 들었던 로첼의 전운.
또한 그녀의 색손의 적들도 들었다.

And wild and high the 'Cameron's gathering'rose!
The war-note of Lochiel, which Albyn's hills
Have heard, and heard, too, have her Saxon foes. (*OPP* 202)

윗부분은 워털루 연의 일부분으로서 이 부분에 대해서 엘리엇은 "바이런이 이탈리아방식Italian에서 차용한 이 연은 감탄할 정도로 그의 장점을 고양시키고 단점을 숨기는 데 적합했다"(*OPP* 202)고 평가한다. 바로 바이런이 장점을 살리기 위해 이탈리아 방식에 의존했다는 사실을 알 수 있으며 이는 곧 "바이런은 해학적인 작품들로 이루어진 이탈리아 8행 시체 혼성곡 전통으로 침울하게 묘사한다"(Schoina 19)는 진단이나 "바이런의 청력은 불완전하지만 시 창작을 더욱 진지하게 받아들이는 엄숙한 시인들의 청력보다 더 훌륭하게 창작했다"(*OPP* 202)는 찬사와 어울리게 바이런에 대한 엘리엇의 높은 평가가 이어진다.

그러나 더 낮은 긴장감으로 그는 놀라운 정도의 효과를 나타낸다. 이탈과 주제(보통 그 자신에 대해 이야기하는)로부터 배회하며 갑자기 주제로 돌아가는 그의 천재성은 『돈 주안』에서 그 힘의 절정에 이른다.

But at a lower intensity he gets a surprising range of effect. His genius for digression, for wandering away from his subject(usually to talk about himself) and suddenly returning to it, is, in *Don Juan*, at the height of its power. (*OPP* 202)

위에서 볼 수 있는 이탈의 천재성은 엘리엇의 『황무지』에서도 볼 수 있는 것으로서 엘리엇이 이로 인해 바이런은 결코 지루함을 주지 않는 매우 기본적인 장점을 소유한 작가로 평가하게 되었다고 한다(Levin 524). 위에서 보는 것처럼 "『돈 주안』은 느긋함과 명랑함 그리고 진지함이 전편에 흐르는 영시 중 가장 훌륭한 작품으로 인정받거나"(송관식 157), 오든W. H. Auden은 "어떤 결점이 있든지 영어로 쓰여 진 것 중에서 가장 독창적인 시가 바로 『돈 주안』"(*BP* 477)이라는 평가들에서 보듯 엘리엇은 『돈 주안』에 대해서는 비교적 칭찬으로 일관하고 있다.

이어서 엘리엇은 「바이런」의 화제를 바이런이 사용한 풍자의 특성으로 전환한다. 엘리엇은 지속적인 조롱banter과 비웃음mockery은 연애문학 초기에는 독자의 위를 불편하게 만드는 호언장담에 대한 제산제antacid 역할을 담당했다고 주장한다(*OPP* 202). 바로 엘리엇은 바이런이 풍자를 실현하기 위해서 사용한의 '조롱'과 '비웃음'을 높게 평가하고 있으며 이 점에 대해서 스탕달Stendhal 또한 「바이런의 추억」"Memories of Lord Byron"이라는 글에서 "바이런의 비웃음은 『차일드 헤럴드』에서 더 심해지며 그의 『베포』와 『돈 주안』에서도 풍자적인 모습을 이어 간다"(*BP* 466)고 주장한다. 바이런이 사용한 그 풍자의 특징에 대해서 엘리엇은 "바이런의 사회 풍자가 바이런을 객관적인 상태로 유지해 주며 동시에 심오하지는 않지만 적어도 그럴듯한 진지함을 지니고 있다"(*OPP* 202)고 평가하며 특히 『돈 주안』의 마지막 4편에 대해서 엘리엇은 비교적 자세히 분석한다.

> 마지막 네 편은 내가(엘리엇) 큰 실수가 아니라면 그 시에서 가장 실제적이다. 일반적으로 인류를 풍자하려면, 라블레의 것처럼 바이런의 것보다 더 온화한 재능이 필요하거나, 스위프트의 것처럼 더 심오하게 고통

받는 재능이 필요하다. 그러나 『돈 주안』의 후반부에서는 바이런은 그에게는 낭만적인 것이 남아있지 않은 영국의 장면에 관심이 있었고, 그는 자신이 잘 알았던 제한된 분야에 관심이 있었다. . . . 그의 이해력은 피상적으로 남아있을 수 있겠으나 그것은 정밀하다.

The last four cantos are, unless I am greatly mistaken, the most substantial of the poem. To satirize humanity in general requires either a more genial talent than Byron's, such as that of Rabelais, or else a more profoundly tortured one, such as Swift's. But in the latter part of *Don Juan* Byron is concerned with an English scene, in which there was for him nothing romantic left; he is concerned with a restricted field that he had known well, . . . His understanding may remain superficial, but it is precise. (*OPP* 204)

바로 『돈 주안』의 후반부에 대한 엘리엇의 분석을 통하여 바이런의 작품 창작 능력을 알 수 있다. 즉 마지막 4편은 『돈 주안』 전체 중에서 가장 실제적이며 또한 바이런이 낭만적인 묘사를 회피하고 엄격하게 축소된 영역에 관심을 가지고 창작했지만 정확성을 지니고 있다는 것이다.

계속해서 엘리엇은 『돈 주안』과 영시의 다른 풍자와의 차이를 알아보기 위하여 헌정 시Dedicatory Verses를 예로 든다. 그 예로 사우시Southey에 대한 헌정은 엘리엇 자신의 시각에서 볼 때 언어의 오남용 중에 가장 자극적인 작품 중에 하나처럼 보인다고 주장한다(*OPP* 206).

밥 사우디! 당신은 시인, 계관시인이며
모든 인류의 대표자이다.
비록 당신이 마침네 토리 당원으로 판명된 것이 사실이지만 당신의 것은 최근까지 흔히 있던 경우였다.
그리고 지금 나의 서사적 배반자! 당신은 무엇을 향하는가?

Bob Southey! You're a poet- Poet Laureate,
And representative of all the race;
Although'tis true that you turn'd out a Tory at
Last, yours has lately been a common case;
And now, my Epic Renegade! what are ye at? (*OPP* 206)

윗부분에 대하여[33] 엘리엇은 드라이든의 풍자도 아니고, 또한 포우프Pope의 풍자는 더더욱 아니며, 그것은 아마도 홀Hall 또는 마스톤Marston과 더 유사하지만 비교해 보면 이들은 서투른 직공의 솜씨에 불과하며 전혀 영국식 풍자가 아니라고 진단한다(*OPP* 206). 그리고 던바Dunbar의 풍자시 중 일부를 예로 들고서 다음과 같이 바이런에 대한 평가로 이어간다.

그리고 그 자신(바이런)의 단점은 서로 매우 밀접하게 유사한 두 가지의 장점을 지닌 것처럼 보인다. 그의 허풍과 더불어 그는 또한 비범한 솔직성을 소유하고 있다. 그의 겉치레와 더불어 그는 또한 엄숙한 국가에서의 시적불순종이 있다. 그는 속임과 자기기만과 더불어 그는 또한

33) 윗부분은 『돈 주안』전체의 초반부라 할 수 있다. 즉 앞에 「단편」("Fragment")이라는 8행으로 구성된 시가 있으므로 『돈 주안』의 헌사 전체 17절 중에 제1절에 해당한다. 한 가지 흥미로운 사실은 사우시는 워즈워스와 콜리지와 함께 계관시인 중에 한 사람으로 워즈워스처럼 열정적인 토리당원(Tory)이었으며 1813년에 계관시인이 되었다. 바이런은 모든 계관시인들을 기회주의적 정치가라고 생각했기 때문에 이들을 비난했으며, 특히 사우시는 바이런을 악마 시인(Satanic poet)이라며 가혹하게 공격했기 때문에 사우시를 경멸했다고 한다(*BP* 183).

무모할 정도로 야비한 정직성을 소유하고 있다. 그는 속된 귀족이면서 동시에 위엄 있는 모주꾼이다.

And his own vices seem to have twin virtues that closely resemble them. With his charlatanism, he has also an unusual frankness; with his pose, he is also a poe'te contumace in a solemn country; with his humbug and self-deception he has also a reckless raffish honesty; he is at once a vulgar patrician and a dignified toss-pot. (*OPP* 206)

바이런에게서는 우리가 영시에서 흔히 발견할 수 있는 단점을 찾을 수 없으며 매우 특유한 몇 가지 특성을 소유했다고 엘리엇은 평가한다. 그러나 여기서 엘리엇은 "바이런의 작품에서 볼 수 있는 특성과 결함을 이야기하는 것이지 그 자신과 관계없는 사생활을 이야기하는 것은 아니라"(*OPP* 206)며 「바이런」을 종결한다. 이와 같은 엘리엇의 결말을 통하여 볼 때 그가 「바이런」을 작성한 주된 목적이 바이런의 생애를 고찰하는 것이 아니라 작품의 특성을 살펴보는 것이라는 사실을 재확인 할 수 있다. 이는 바로 서론에서 언급한 것처럼 바이런의 생애에 관해서는 어느 정도 의견이 일치되었기 때문에 엘리엇은 바이런이 창작한 작품의 특성을 규명해 보고자 했음을 알 수 있다.

4. 결론

지금까지 엘리엇의 바이런에 대한 평가의 주된 내용을 살펴보았다. 엘리엇은 낭만주의 시인 중에 바이런을 선택하여 자신의 생각을 표현했다. 엘리엇이 「바이런」을 작성한 것은 1937년이었으며 이 시기까지 다른 낭만주의 시인들에 비해 바이런의 생애에 대한 여러 가지 사실들에 대해서는 밝혀지고 또한 의견 역시 통일되었지만 바이런의 문학적 평가는 베일에 싸여져 있었으며 또한 다양하게 평가되고 있음을 알 수 있다.

엘리엇은 우선 작품의 양과 질적인 측면을 비교하면서 바이런의 경우 그가 창작한 작품의 양적인 한계를 구분하기란 난해하지만 작품의 질적인 측면에 대해서는 우수하다는 평가를 내린다. 다시 말해 바이런은 단시와 장시 모두에 있어서 우수하며, 그의 악마주의는 혼합적 형태를 띠고 있으며 특히 『돈 주안』에 대해서 엘리엇은 여러 가지의 특성을 이야기한다. 먼저 바이런의 재담가로서의 재능과 그가 사용한 플롯과 풍자의 우수성 등을 이야기한다. 또한 바이런의 악마주의는 복합적인 특성을 지니고 있다는 것이 엘리엇 평가의 핵심이라 할 수 있다. 아울러 엘리엇은 「바이런」의 목적이 바이런의 생애에 대한 고찰이 아니라 작품의 특성을 면밀히 살펴보는 것이라는 사실에서 엘리엇의 비평가적 면모를 재차 확인할 수 있다.

* 이 글은 한국 T. S. 엘리엇학회의 학술지 『T.S.엘리엇연구』(제24권2호, 2014년) pp.107-129에 게재된 것을 일부 수정했음을 밝힌다.

인용문헌

송관식. 주병한 옮김. 『영국문학사』, 서울: 한신문화사, 1991.

안영수. 「T. S. 엘리엇과 낭만주의」. 『T. S. 엘리엇연구』 2.3 (1995): 113-36.

Abrams, M. H. *The Mirror and the Lamp: Romantic Theory and the Critical Tradition*. London: Oxford UP, 1971.

Callaghan, Madeleine. "The Struggle with Language in Byron's Cain." *Byron Journal* 38.2 (2010): 125-34.

Cheeke, Stephen. "Byron and the Horatian Commonplace." *Byron Journal* 36.1 (2008): 5-17.

Disch, Thomas M. "My Roommate Lord Byron." *The Hudson Review* 54.5 (2002): 590-594.

Eliot. T. S. *On Poetry and Poets*. London: Faber and Faber, 1971. [*OPP*로 표기함]

_____. *Selected Essays: 1917-1932*. New York: Harcourt, Brace and Company, 1932. [*SE*로 표기함]

_____. *Selected Prose of T. S. Eliot*. ed. Frank Kermode. London: Faber and Faber, 1975. [*SP*로 표기함]

Graham, Peter W. "Byron and the Artifice of Sincerity: 'To the Po' and its Epistolary Analogues." *Byron Journal* 35.2 (2007): 137-50.

Grierson, Herbert. *The Background of English Literature and Other Essays*. London: Penguin Books, 1962.

Hands, Christopher. "Byron's Conversation with Shelley." *Essays in Criticism* 58.4 (2008): 143-61.

Hughes, Gillian. "'Nativity Energy': Byron and Hogg as Scottish Poets." *Byron Journal* 34.2 (2006): 133-42.

Jones, Christine Kenyon. "Byron's Voice." *Byron Journal* 34.2 (2006): 121-30.

Levin, Alice. "T. S. Eliot and Byron." *ELH* 45.3 (1978): 522-41.

Manning, Peter J. "*Don Juan* and Byron's Imperceptiveness to the English Word." *Studies in Romanticism* 18.2 (1979): 207-33.

McConnell, Frank D. ed., *Byron's Poetry*. London: W. W. Norton & Company,

1978. [*BP*로 표기함]

Schoina, Maria. "Revisiting Byron's Italian Style." *Byron Journal* 36.1 (2008): 19-27.

Stephen, Martin. *An Introductory Guide to English Literature*. London: Longman Group Limited, 1984.

예이츠의 「이니스프리의 호도」 읽기: 바로 그 통합적 구성의 미

—

1. 들어가며

예이츠W. B. Yeats를 단적으로 규정하기란 난해하다. 그는 현대시 형성에 지대한 공헌을 한 작가 중 하나이며 낭만주의시인이자 현대시인(Stephen 291)이라 평가한다. 파운드Ezra Pound 역시 예이츠를 낭만주의, 상징주의 그리고 신비주의에 속하는 시인이지만 중요한 것은 이와 같은 방식을 예술로 변형시킬 정도로 강렬한 기질을 소유한 유일한 인물로 평가한다(151). 이와 같은 평가를 통해 규정짓기 난해한 인물이 바로 예이츠임을 알 수 있으며 또한 이러한 측면들로 인해 예이츠와 그의 시에 대한 관심이 과거부터 현재까지 이어지고 있다. 사실 예이츠의 명성은 『갈대숲의 바람』*The Wind among the Reeds*이 출판되기 10년 전이었다고 한다(Ellmann 107). 그러면 『갈대숲의 바람』이 1899년에 출판되었고 1889년에는

『십자로』*Crossways*가 출판되었다. 그리고 이 작품들 이전에 「이니스프리의 호도」"The Lake Isle of Innisfree"가 시집 『장미』*The Rose*에 수록되어 1893년에 출판되었다. 이런 사실로 볼 때 예이츠의 명성은 대략 첫 번째 시집에서 출발했다는 추론이 가능하다. 이와 같은 추론을 증명할 수 있는 것이 「이니스프리의 호도」라 할 수 있으며 이 작품은 "예이츠에게 있어서 가장 유명한 시"(Robson 51)이자 "자주 명시에 선정되는 예이츠의 초기 시"(Stephen 291)인 동시에 "명편"(신원철 101)이라는 찬사를 받는다. 그러나 이와 같은 찬사에도 불구하고 「이니스프리의 호도」에 대한 연구는 많이 이루어지지 않았다. 다만 예이츠의 시의 주제와 창작기법을 논하면서 이 작품에 대한 이야기가 간헐적으로 출현하고 있다.

그래서 본 연구에서는 「이니스프리의 호도」가 예이츠에게 시인으로서의 명성을 안겨준 이유를 숙고하면서 이 시만의 특성을 살펴보고자 한다. 아마 이 시만이 가진 독특한 매력이라면 단시임에도 불구하고 여러 가지 복합적 성격을 동시에 담고 있다는 사실일 것이다. 이 사실은 "예이츠가 가장 최초로 반암Porphyry을 사용한 시가 「이니스프리의 호도」라고 했다"[34](Foley 11)는 평가에 의해 증명될 수 있다.

2. 「이니스프리의 호도」의 음악성

아마 「이니스프리의 호도」를 감상하는 대부분의 독자들의 시선에 가

---

34) 반암이란 얼룩무늬가 박혀 있는 암석을 말한다. 「이니스프리의 호도」가 반암의 성질로 구성되어 있다는 것은 그만큼 이 작품이 복잡 다양한 특징들로 구성되었다고 할 수 있다.

장 인상적으로 다가오는 것은 독특한 율격(멜로디)일 것이다. 우선 제1연 첫 4행에서 그 사실을 알 수 있다.

> 나 일어나 이제가리, 이니스프리로 가리.
> 거기에 흙벽돌과 욋가지로 오두막 짓고
> 거기에 아홉 줄의 콩이랑 만들고, 꿀벌도 치고
> 벌 윙윙대는 오솔길에 홀로 살으리

> I will arise and go now, and go to Innisfree,
> And a small cabin build there, of clay and wattles made:
> Nine bean-rows will I have there, a hive for the honey-bee,
> And live alone in the bee-loud glade. (*VP* 117)

위와 같이 예이츠는 "go"를 반복적으로 사용하며 또한 모음운을 일치시키고 있다. 또한 이 시의 마지막 연stanza의 각 종지부 역시 모음 운을 맞추고 있다. 데이비슨Edward Davison이 「이니스프리의 호도」를 "멋진 모음효과wonderful vowel play를 보인다"(334)고 평가한 바와 같이 모음 사이의 조화가 청자로 하여금 동요 또는 동시를 연상케 하듯 흥미롭게 창작되었다. 이는 유년시기의 동요를 연상케 함으로써 성인기의 향수를 전해 주는 효과와 동시에 오랫동안 기억될 수 있는 기폭제가 된다. 그래서 전체 3연을 동요로 변형하면 각 연이 모두 각각 4행씩 통일성을 보이며 모두 3절로 이루어져 있고 이 동요 3절의 도입을 가락에 맞추려는 듯 주어(I)의 의지"I will, I shall, I will"가 통일성을 유지하고 있다. 우리는 이를 통해 시적 화자의 강한 의지표현은 물론 청자가 시적화자인 '나'(I)로 그대로 이입되는 효과를 볼 수 있을 것이다. 다시 말해 청자의 시적화자로의 이입 때문에 「이니스프리의 호도」에 더욱 많은 사람들이 애착을 갖게 될 것이다. 즉 음악적 효과에 의한 청자의 이입, 이것이 이 작품을 특유의 명시의 반열로 자리매김 시키는 하나의 요인이 될 것이다. 흥미롭게도 파운드 역시 이 시에 대해서 "예이츠가 하프로 새로운 음악을 연주했다"Yeats has brought a new music upon the harp(Cowell 7)고 평가한다. 이는 멜로디를 의식한 합당한 평가로서 이 시만이 지닌 특유한 선율적 매력을 파운드가 지적하는데 스테픈Martin Stephen은 파운드의 견해보다 좀 더 흥미롭게 평가한다.

> 그는(예이츠) 자신의 나라를 영원히 사랑한 아일랜드인이었고 그리고 그의 초기 작품은 멜로디와 장식으로 가득 차 있고 낭만주의 또는 후기낭만주의 형식의 감각적 시였다. 「이니스프리의 호도」가 이런 형식의 좋은 예이다.

> He was an Irishman with a lasting love for his country, and his early work was full of melody and decoration, luscious poetry in the Romantic or late-Romantic style; 'The Lake Isle of Innisfree' is a good example of this style. (291)

스테픈이 예이츠 초기시의 특성을 매우 간략하게 정의하고 있다. 바로 멜로디, 장식, 감미로움 등으로 아마도 이와 같은 특징은 예이츠만의 독특한 시적 특징을 나타내는 것이라 할 수 있으며 동시에 이와 같은 특징들이 「이니스프리의 호도」 단 한편에 모두 포함되어 있다고 볼 수 있다. 우리는 예이츠가 독자의 정서 또는 감흥을 위해서 무엇에 의존했는가라는 질문에 대한 해답을 여기서 찾을 수 있다. 또한 이런 관점에서 우리는 이른바 주지주의와 주정주의 개념을 생각해 볼 수 있을 것이다. 예이츠를 주정주의자로 한정하여 그가 단순히 개인의 정서적 표현에 의지하여 독자의 정서와 일치되도록 시를 창작하였는가 아니면 '정'을 가급적 배제시키고 '지'를 작품 전달의 최상의 수단으로 생각하였는가의 문제가 대두 될 수 있을 것이다. 소위 20세기는 주정주의라기보다는 주지주의에 기반을 둔 문학 창작 표현에 의존했다고 볼 수 있다. 우리는 현대세계, 즉 20세기 이후에는 모든 것이 변화되었다는 사실을 알고 있는데 예이츠 또한 거기에 부응한 인물이라고 평가할 수 있다. 예이츠는 시를 아름답게 창작하기 위한 방법 중 하나로 멜로디에 의존하고 있으며 "그는 구조적 리듬을 포함해서 전통적 영시의 규범을 광범위하게 고수했다"(Schmidt 318)는 평가에서와 같이 예이츠가 리듬과 영시의 규범을 따르려고 노력했음을 알 수 있다. 「이니스프리의 호도」에 대해서 예이츠 자신의 주장을 보면 이 시에서 그가 소중히 여겼던 것이 무엇인지 좀 더 명확해진다.

「이니스프리」는 내가 직접 음악적 리듬으로 창작한 내 최초의 서정시. 나는 수사학과 수사학이 초래하는 대중의 정서로부터의 탈출구로서 리듬을 풀어 놓기 시작했다. 그러나 나는 나의 특별한 목적으로 단지 보통 구문을 사용해야 한다는 것을 어렴풋이 그리고 종종 이해할 뿐이었다. 2년 뒤에 나는 관습적인 고어—"일어나서 가리"—가 있는 그 첫 행을 쓰지 말았어야 했거나 최종 연에서 도치를 하지 말았어야했다.

Innisfree my first lyric with anything in its rhythm of my own music. I had begun to loosen rhythm as an escape from rhetoric and from the emotion of the crowd that rhetoric brings, but I only understood vaguely and occasionally that I must for my special purpose use nothing

> but the common syntax. A couple of years later I would not have written that first line with its conventional archaism—"Arise and go"—nor the inversion in the last stanza. (Ellmann 114)

위의 예이츠 자신의 주장을 통해서 우리는 예이츠가 「이니스프리의 호도」를 창작할 당시 무엇에 관심을 두었는가를 알 수 있다. 즉 그는 수사학에 의존하는 것을 오히려 삼가려고 노력했음을 알 수 있다. 특이한 예이츠의 노력으로서 매우 많은 시인들이 수사학적 기교에 의지하여 작품을 창작하는 것이 일반적인 현상이라 할 수 있는데 예이츠는 「이니스프리의 호도」에서만큼은 이를 견제하려고 애썼다는 사실을 알 수 있다. 그리고 보통의 구문을 사용하는 것에서 또한 예이츠가 독자를 먼저 의식하고 있었다는 것을 알 수 있다. 요약하면 수사학을 피하고 보통 구문을 사용한 것이 독자층을 두텁게 만드는 효과를 초래했다고 볼 수 있다. 예이츠는 극도로 세련된 작시가accomplished metrist이며 아마도 테니슨Alfred Lord Tennyson 이후로 영시에서 가장 예술적 기술이 풍부한 시인으로 평가된다(Patke 25). 이 평가를 통해서 시인으로서의 세련미는 물론 그 세련미를 예이츠가 예술적으로 교묘하게 처리했다는 사실을 알 수 있다. 흔히 민요풍 운율ballad measure로 정의되는 테니슨의 시 창작 습관 이후로 가장 두각을 나타내는 시인이 예이츠라는 것이다(Ruderman 168). 이와 같은 평가를 통해서 예이츠 시의 엄격한 율격을 알 수 있으며 이는 그만큼 예이츠가 시 창작에 있어 신중했다는 것을 방증하는 것이다. 예이츠 자신의 이야기를 보면 그가 리듬감을 얼마나 중요시 여겼는가를 알 수 있다.

> 내게 있어 항상 리듬의 목적은 명상의 순간, 즉 우리가 잠과 동시에 깨

어 있는 순간을 연장하는 것처럼 보인다. 그것은 우리를 다양한 모양으로 깨어 있게 하면서 매혹적인 단음으로 우리를 침묵시킴으로써 창작의 한 순간이 된다. . . . 그 속에서 의지의 압력에서 해방된 마음이 상징으로 펼쳐진다.

The purpose of rhythm, it has always seemed to me, is to prolong the moment of contemplation, the moment when we are both asleep and awake, which is the one moment of creation, by hushing us with an alluring monotony, while it holds us awake with variety, . . . in which the mind liberated from the pressure of the will is unfolded in symbols. (Craig 재인용 41-42)

위에서 보는 바와 같이 리듬이 곧 숙고 또는 명상의 순간을 연장시킨다는 효과를 유발한다고 한다. 이를 통해 예이츠에게 있어 리듬의 역할을 인식할 수 있다. 위와 같은 예이츠의 주장에 대하여 파킨슨Thomas Parkinson은 예이츠가 「이니스프리의 호도」에서 음악성을 염두에 둔 것은 옳았으며 그 결과 민요folk song의 특성을 지닌 시행이 나왔으며 동시에 아무런 장애 없이 매우 긴 행을 미성으로 전달할 수 있는 힘이 있다고 진단한다 (192). 이와 유사하게 예이츠 자신도 시를 다음과 같이 정의한다.

시란 일상적 언어의 리듬의 정교함이며 또한 리듬과 심오한 정서와의 연상이다.

A poem is an elaboration of the rhythms of common speech and their association with profound feeling. (Patke 재인용 26)

우리는 예이츠 자신이 위와 같이 정의한 시의 개념을 유념해 볼 필요가 있다. 먼저 예이츠의 시 구성의 첫 번째 요소는 일상 언어를 사용하여 정교한 리듬감을 주되 이를 다시 심오한 정서와 연결시키는 것이다. 이는 「이니스프리의 호도」에 그대로 나타나 있다. 즉 언어표현들이 특이하거나 기이한 또는 생소한 것들이 아니라 오히려 매우 일상적인 표현에 의존한 나머지 어린이에서 성인에 이르기까지 비교적 친숙하게 감상할 수 있는 표현들로 구성되어 있음을 볼 수 있다. 오든W. H. Auden 역시 예이츠를 평가하면서 서정시에서 가장 중요한 것을 언어의 표현법diction이라 규정하며 여기에 있어 예이츠를 최고의 명인으로 규정한다(Stallworthy 49). 바로 이 표현법은 모두가 인지하듯이 이미지스트 시인들의 핵심적 논의 사항 중에 하나이다. 「이니스프리의 호도」에서 보는 바와 같이 어느 한 표현도 도회지 풍의 세련되고 현대화된 표현들을 찾아 볼 수 없다. 시골 전원 풍경에 매우 적합한 표현들을 배열하였으며 마치 독자가 실제 이니스프리라는 섬에 거주하는 것처럼 자연스럽게 나열되어 있다. 그러면서 여기서 환기되는 정서 또한 복잡함에서 벗어나 한적한 곳에서 평화롭게 생활하는 모습을 전해준다. 한마디로 언어표현의 간결함, 즉 표현에 있어서 불필요한 어휘의 사용을 찾아볼 수 없다. 이와 같이 구조적으로 체계적인 리듬으로 구성되어 있으므로 오히려 「이니스프리의 호도」에서 어느 하나의 연을 삭제해도 시 전체에는 영향이 없을 정도로 각 행 및 각 연의 완벽함을 찾아볼 수 있다.

3. 통합적 성격의 이미지리

제3장에서는 「이니스프리의 호도」 속에 나타난 이미지들을 살펴보고자 한다. 앞서 서론에서 밝힌 것처럼 이 시는 복합적인 특징들로 구성되었으며 특히 이미지로 시선을 전환해 보면 여러 가지들로 구성되어 있음을 알 수 있다.

우선 이 시를 감상하는 과정에서 독자의 시선을 집중시키는 것은 전원 풍경일 것이다. 예이츠는 「이니스프리의 호도」를 창작하면서 전원풍경에 의존하여 첫 행부터 최종 행에 이르기까지 그 풍경을 나타내기 위한 이미지들을 일관성 있게 배열한다. 제1행의 슬라이고Sligo에 위치한 작은 섬인 "이니스프리"로 해서 제2행의 "오두막", "진흙", "욋가지" 그리고 제3행의 "콩이랑", "벌통", "꿀벌"에서 제4행의 "오솔길", 제6행의 "귀뚜라미", 제8행의 "홍방울새", 제10행의 "해안" 등에 이르기까지 전원적 풍경을 묘사하기에 적합한 이미지들로 구성되어 있다. 즉 도회지 풍경을 암시할 수 있는 표현들이 눈에 띄지 않으며 매우 자연스럽게 연결되어 있는 어휘들로 인해 마치 고요하게 흐르는 강물을 연상시킨다. 한 폭의 풍경화 속에 음악적 선율과 전원 풍경의 이미지들이 혼합되어 가일층 아름다운 시적 효과를 높여주고 있다. 예이츠의 초기 시에 있어서의 표현력의 우수성을 다음과 같이 평가한다.

> 정말로 예이츠의 최고의 시들 대부분에서의 완벽감은 너무 명료해서 많은 사람들은 전체의 언어배열이 필연적인 것처럼 마음속에 남아 있게 된다.

> Indeed, the sense of completeness in most of Yeats's finest poems is so marked, that many stay in the mind as if the entire ordering of words were inevitable. (Dyson 1)

언어표현의 리듬감과 이미지의 완벽한 배열 등이 예이츠 시의 완벽감이라 할 수 있다. 바로 예이츠의 시는 마치 언어배열의 기묘함으로 인해 우리가 환상 속에 있는 것처럼 느끼게 된다. 그만큼 표현에 있어서의 자연스러움과 언어 배열에 있어서의 통일성에 예이츠가 많은 관심을 가졌다고 할 수 있다.

이러한 풍경묘사의 절정은 후배 시인 엘리엇T. S. Eliot에게서도 그 모습이 이어지고 있다. 엘리엇에게 풍경묘사는 그의 시를 이해하고 감상하기 위한 필수조건 중에 하나라고 볼 수 있다. 엘리엇과 마찬가지로 이미지의 완벽함으로 인해 예이츠는 모더니즘의 시인의 반열에 우뚝 서고 있다. 「이니스프리의 호도」에서 보는 바와 같이 숨김없이 간결하고 우회적인 표현 없는 직접적인 표현으로 인해 독자 또한 그 시의 분위기에 자연스럽게 융화되는 효과를 보인다. 퀸Bernetta Quinn은 다음과 같이 평가한다.

> 비록 내가 알기로는 「아일랜드에 대한 래드 한라한의 노래」는 중등학교 교과서에는 결코 나타나지 않았을지라도, 정치적 자유를 위한 투쟁을 수반하는 전투 노래와 상징적 풍경의 표본이라는 이중적 접근 하에서 12학년생들에게 보여졌을 때의 가능성이 아마도 오늘날의 진지한 독자들 대부분과 더불어 T. S. 엘리엇이 현세기에 영어로 창작한 가장 위대한 시인으로 간주한 이유를 안다는 것을 학생들을 도와주는 가장 도전적인 수단으로 만든다.

Although "Red Hanrahan's Song about Ireland" has never, to my knowledge, appeared in a secondary-school text, its possibilities when presented to twelfth-graders under the double approach of a battle-song accompanying a fight for political liberty and a sample of symbolic landscape make it a most challenging means of helping students to see why T. S. Eliot, together with, probably, most of today's serious readers, have considered Yeats the greatest poet to write in English in this century. (449)

바로 전투 노래와 상징적 풍경 묘사에 있어서 예이츠를 높이 평가한다고 볼 수 있는데 퀸은 아마도 엘리엇이 이와 같은 면을 보고 예이츠에게 찬사를 보냈다고 진단한다. 물론 딕고리Terence Diggory 또한 "예이츠의 분위기와 예이츠라는 그 이름은 부인할 수 없이 위대한 많은 미국시인들에게 영향을 끼쳤으며 특히 「이니스프리의 호도」는 파운드, 스티븐스Wallace Stevens, 랜썸John Crowe Ransom, 워랜Robert Penn Warren에게 중요하다"(Levine 175)고 진단한 바 있다.[35] 특히 랜썸은 워랜과 더불어 현대 산업화 그리고 과학과 도시문명의 지배를 강하게 반대하고 더욱더 목가적 삶을 호소했다고 한다(Huh Bong Wha 260). 이와 같은 진단으로 인해 「이니스프리의 호도」는 20세기 대표적 이미지스트인 파운드와 스티븐스 그리고 랜썸과

---

35) 그 외에도 예이츠의 영향을 다음과 같이 살펴볼 수 있다. "「로버트 그래고리 소령을 추모하여」("In Memory of Major Robert Gregory")는 테이트(Tate)와 베리멘(Berryman)에게 중요하고 그리고 「곡마단 동물들의 탈주」("The Circus Animals' Desertation")는 레트키(Roethke), 베리멘, 로웰(Lowell)에게 중요하며, 스티븐스(Stevens), 제퍼스(Jeffers), 엘리엇과 먹리쉬(Macleish)의 경우에는 예이츠의 운문극 기법에서 볼 수 있는 그의 업적에 영향을 받았다고 진단한다"(Levine 175).

워랜 등 시인과 비평가에게 이르기까지 관심의 대상이 되었다는 사실을 알 수 있으며 이 시에 대해서 랜썸과 워랜이 예이츠와 유사한 의견을 표시했다는 사실을 알 수 있다. 이 사실을 통하여 우리는 「이니스프리의 호도」가 지닌 독특한 매력이 많은 이들의 관심을 집중시켰음에 틀림없음을 알 수 있다. 마치 파운드의 「지하철 역에서」"In the Metro"라는 단시가 파운드의 별명처럼 따라 다니듯 예이츠에게는 「이니스프리의 호도」가 그 역할을 담당하고 있는 셈이라 할 수 있다. 물론 예이츠는 그 자신만의 독특하고 신비로움을 선사하는 작품이 많이 있지만 초기 시로는 「이니스프리의 호도」가 그의 명성을 알리기에는 충분했다고 볼 수 있다.

또한 「이니스프리의 호도」만이 지닌 우수성 중에는 감각적 이미지의 효과를 볼 수 있을 것이다.

> 그리고 나는 거기서 얼마쯤 평화를 누리리. 평화는 서서히
> 아침의 베일에서 귀뚜라미 노래하는 곳까지 떨어지며
> 한밤중엔 온통 반짝이는 빛, 정오엔 자주 빛 이글거림
> 저녁에 홍방울새의 날개 짓으로 가득한

> And I shall have some peace there, for peace comes dropping slow,
> Drooping from the veils of the morning to where the cricket sings;
> There midnight's all a glimmer, and noon a purple glow,
> And evening full of the linnet's wings. (*VP* 117)

위에서 보는 바와 같이 "평화가 서서히 떨어지는"에서 볼 수 있는 시각적 표현과 "귀뚜라미 노래 소리"에서의 청각적 표현, 제3연의 "낮은 소리로 찰싹거리는 호수 물"에서 볼 수 있는 청각과, "회색의 인도"의 시각,

그리고 최종 행에서 보이는 "가슴 속 깊은 곳에서 그 소리를 듣다"에서의 청각 등 다양한 감각적 심상들이 어울려 있다. 이를 통해 우리는 예이츠가 다양한 감각적 이미저리를 짧은 시에 균등하게 배치하고 있음을 알 수 있다. 예이츠가 「이니스프리의 호도」와 기타 시에서 중요한 요소로 자연과 동물의 소리sound를 다루는 것은 사물의 외부 모습을 객관적으로 묘사한 것이 아니라 인간 내부에 있는 주관적 이미지, 즉 예술적 이미지라고 분석한다(이영석 135). 즉 단순히 사물의 객관적 묘사에 그치지 않고 인간 내부에 존재하는 그 무엇을 전달하기 위해서 예이츠는 이와 같은 시적 기교에 의지했다고 볼 수 있다.

또한 「이니스프리의 호도」에는 다양한 색채 이미지의 조합을 볼 수 있다.

> 나 일어나 이제 가리. 밤 낮 항상
> 나는 호수물이 해안가 낮은 소리로 찰싹이는 소리 들으리.
> 차도에 있던 회색 인도에 있던지
> 나는 가슴 속 깊은 곳에서 그 소리 들을 것이다.

> I will arise and go now, for always night and day
> I hear lake water lapping with low sounds by the shore;
> While I stand on the roadway, or on the pavements grey,
> I hear it in the deep heart's core. (*VP* 117)

대표적인 색채 이미지로는 제2연의 "한밤중엔 온통 반짝이는 빛"과 "자주 빛 이글거림", 그리고 "홍 방울새"와 제3연의 "밤과 낮", "회색" 등을 볼 수 있다. 앞서 제2장에서 언급한 음악적 선율과 더불어 감각적 표현 그리고 색채 이미지 등이 아름답게 조화된 작품이 「이니스프리의 호도」라고 할 수 있다. 흥미로운 점은 "조이스James Joyce도 자신보다 예이츠가 더 위대한 작가라고 간주했는데 이는 바로 예이츠의 이미저리와 상징에는 특별한 것이 존재하기 때문이라고 평가한다"(Currie 10). 이를 통해 예이츠의 이미저리와 상징기법의 탁월성을 엿볼 수 있다. 그래서 예이츠에게 대표적 이미지스트이며 상징주의 시인이라는 별칭이 붙어도 과장은 아닐 듯하다.

예이츠의 감각sensibility에 있어서는 엘리엇 또한 예이츠가 지닌 감각의 특이성을 발견한바 있으며 그의 감각을 다음과 같이 진단한다.

> 특히, 예이츠 씨의 시에서의 특성들은 결코 단순히 희박함과 나약함으로 규정지을 수 없다. . . . 그러나 예이츠에 대해서 당신은 결국 그가 감정이 부족하다고 말할 수 없다. 그는 아마 굉장히 많이 가지고 있을지라도 그가 가지고 있는 감정을 능가하려고 가정하지는 않는다. 다시 말해 그것은 표준에 의해 정열적이거나 무미건조하다고 평가할 수 있는 감정이 아니다.

> In Mr. Yeats's verse, in particular, the qualities can by no means be defined as mere attenuations and faintnesses. . . . but of Yeats you cannot say finally that he lacks feeling. He does not pretend to more feeling than he has, perhaps he has a great deal; it is not feeling that standards can measure as passionate or insipid. (Donoghue 재인용 564)

위에서 보는 바와 같이 예이츠의 양면성을 엘리엇이 지적하고 있다. 즉 예이츠를 단적으로 규정해서는 안 된다는 의미로 해석할 수 있다. 비록 예이츠 또한 낭만주의 시인들처럼 많은 감정을 소유했고 또한 그렇게 표현할 수도 있었겠지만 자기가 지니고 있는 정서를 능가해서 표현하지 않고-즉 인위적으로 짜 맞추려고 하지 않고-온전과 절제를 유지하기위해 애썼다는 사실을 엘리엇이 알려주고 있다. 즉 지나치게 감정 표현에 의지해서 정열적으로 흘러가지 않고 그렇다고 지나치게 수사학에 의존한 나머지 무미건조한 분위기를 환기시키지는 않았다는 것이 엘리엇이 예이츠를 보는 중심적 관점이다. 필자는 이와 같은 평가가 비록 단시이지만 「이니스프리의 호도」에 비교적 그대로 나타난다고 본다. 시인의 개인적 향수를 표현하고는 있지만 그 표현 방법에는 독자의 정서에 호소하지 않으며 그렇다고 지나친 상징에 의해 쉽게 다가가지 못하게 하는 오류를 범하지는 않는다는 것이다. 이와 같이 침착함과 냉정함의 정서를 유지한 채 「이니스프리의 호도」를 창작한 것이 매우 많은 독자들에게 호감으로 다가갔을 것이다.

또한 「이니스프리의 호도」만의 의미의 표현 방식도 흥미롭게 구성되어 있다. 우선 "나 이제 일어나 가리"라는 표현을 통해 우리는 시적 화자가 어디론가 떠나고자하는 마음을 읽게 된다.[36] 그러나 이 표현은 바로 앞서 엘리엇의 주장처럼 감정에 치우친 절규 또는 절망이 아니라 차분한 어조로 현실에서 벗어나 어디론가 평화로운 곳을 찾아가고자하는 모습을 떠올릴 수 있다. 그런데 여기서 특이한 것은 시적화자의 현실에서의 탈피 모습을 랍슨W. W. Robson은 다음과 같이 진단한다.

36) 첫 행은 성경에서 인유되었다고 한다. 즉 누가복음 제15장 18절 "I will arise and go to my father."의 내용이라 한다. 성경에서의 "나의 아버지"가 예이츠에게서는 "이니스프리"로 되었다.

대부분의 예이츠 작품은 현대문명, 그것의 비인간성, 돈에 대한 망상, 기계적 성격 같은 몇 가지 경향에 대한 합당한 저항이었다.

Much of Yeats's work was a valid protest against some tendencies of modern civilization, its impersonality, its obsession with money, its mechanical character. (58)

위에서 보는 바와 같이 예이츠의 이상향이란 바로 그 개인적 이상향이라기보다는 사회적 불만 또는 불안에서 벗어난 이상향을 갈망하고 있다는 사실을 알 수 있다. 현대문명의 몰인간성, 황금만능주의, 현대 문명의 기계적 특성 등이 모두 예이츠가 배척했던 특성들이라 할 수 있다. 그러므로 예이츠가 「이니스프리의 호도」에 담고 있는 주제는 물론 개인적 이상향의 추구라는 평가도 있지만 이와 같이 좀 더 광범위하게 해석될 수 있음도 눈 여겨 볼만하다. 이는 바로 "예이츠의 초기 시는 자칫 현실도피적인 경향이 쉽게 나타나기 마련이지만 예이츠에게는 특이성을 보이는데, 그것은 일방적으로 현실을 도피하고 있지 않다는 것"(정연욱 185)이라는 사실에서 알 수 있다. 즉 "예이츠의 초기 시는 현실과 환상 사이의 급진적 갈등"(Arkins 5)을 보여주는 것으로서 다만 현실과 환상 사이의 갈등에서 예이츠는 그 표현을 비교적 차분한 어조로 전개하고 있다. 게다가 지금까지 살펴본 바와 같이 선율적 아름다움과 더불어 시골 전원 풍경에 적합한 표현들 그리고 감각적 이미지 및 색채 이미지 등을 매우 탁월하게 사용하고 있다.

4. 나오며

지금까지 예이츠의 초기시 중 하나인 「이니스프리의 호도」만의 특성을 간략하게 살펴보았다. 예이츠에 대한 단순한 평가가 쉽지 않듯 이 작품 역시 복합적인 특징을 지니고 있다. 이런 이유로 무수히 많은 독자들을 예이츠가 확보할 수 있었을 것이다. 이 시는 단시임에도 불구하고 다양한 매력을 지니고 있는 작품임에 틀림없다. 먼저 이 시에서는 특유한 음악적 효과를 보이고 있다. 모음극이라거나 하프로 새로운 음악을 연주했다거나 무엇보다도 예이츠 자신이 직접 멜로디와 장식을 생각했다는 등에서 이 작품만의 음악성을 엿볼 수 있다.

그리고 단 12행으로 구성된 「이니스프리의 호도」는 이 시만의 독특한 이미지들의 일관성을 엿 볼 수 있다. 일관된 전원이미지와 감각적 이미지 그리고 색채 이미지 등을 예이츠가 사용한다. 또한 무엇보다도 이들을 사용하는 데 시인 예이츠의 정서를 가급적 절제하려는 모습을 볼 수 있다. 아울러 이 시의 의미 역시 단순 이상향의 세계로의 회귀뿐 아니라 20세기 현대세계의 특성이라 할 수 있는 물질주의, 몰인간성, 현대적 기계문명 등에서 벗어남을 의미한다는 점에서 보는 바와 같이 그 의미가 광의적이라 할 수 있다.

* 이 글은 한국예이츠학회의 학술지 『한국예이츠저널』(제44권, 2014년) pp.251-265에 게재된 것을 일부 수정했음을 밝힌다.

인용문헌

신원철. 「예이츠와 히니의 향토성」. 『한국예이츠저널』 31 (2009): 99-120.

정연욱. 「W. B. Yeats의 초기시의 현실에 대한 재고」. 『한국예이츠저널』 3 (1993): 185-195.

Arkins, Brain. "All Thing Doubled: The Theme of Opposites in W. B. Yeats." *Yeats Eliot Review* 18.2 (2001): 2-19.

Bornstein, George. *Transformation of Romanticism in Yeats, Eliot, and Stevens.* Chicago: The U of Chicago P, 1976.

[Cho, Dongyul. "Yeats's Imaginative Power." *The Yeats Journal of Korea* 14 (2000): 5-32.]

Cowell, Raymond. Ed. *Critics on Yeats.* London: George Allen & Unwin, 1971.

Craig, Cairns. *Yeats, Eliot, Pound and the Politics of Poetry.* Pittsburgh: U of Pittsburgh P, 1982.

Currie, W. T and Graham Handley. *W. B. Yeats: Selected Poetry*, London: Pan Books, 1978.

Davison, Edward. "Three Irish Poets: A. E., W. B. Yeats, and James Stephens." *The English Journal* 15.5 (1926): 327-336.

Donoghue, Denis. "Three Presences: Yeats, Eliot, Pound." *The Hudson Review* 62.4 (2010): 563-582.

Dyson, A. E. *Yeats, Eliot and R. S. Thomas: Riding the Echo.* London: The Macmillan Ltd., 1981.

Foley, Jack. "Yeats's Poetic Art." *Yeats Eliot Review* 18.4 (2002): 2-13.

Huh, Bongwha. *A Brief History of American Literature.* Taegu: Joongmoon Publishing Co., 1998.

Levine, Herbert J. "The Importance of Being Yeats." *The Virginia Quarterly Review* 60.1 (1984): 174-176.

Patke, Rajeev S. "Yeats: Prosody and Poetic Forms." *The Yeats Journal of Korea* 37 (2012): 25-60

Parkinson, Thomas. *W. B. Yeats: Self-Critic and the Later Poetry.* London: U of

California P, 1971.

Pound, Ezra. "Responsibilities and Other Poems by W. B. Yeats." *Poetry* 9.3 (1916): 150-151.

Quinn, Bernetta M. "Yeats and Ireland." *The English Journal* 54.5 (1965): 449-450.

Rhee, Young Suck "Expressionism in W. B. Yeats and Jack Yeats." *The Yeats Journal of Korea* 36 (2011): 125-138.

Robson, W. W. *Modern English Literature.* London: Oxford UP, 1984.

Ruderman, D. B. "The Breathing Space of Ballad: Tennyson's Stillborn Poetics." *Victorian Poetry* 47.1 (2009): 151-172.

Schmidt, A. V. "Texture and Meaning is Shelley, Keats, and Yeats." *Essay in Criticism* 60.4 (2010): 318-335.

[Shin, Wonchul. "The Local Color of W. B. Yeats and Seamus Heaney." *The Yeats Journal of Korea* 31 (2009): 99-120.]

Stallworthy, Jon, ed. *Yeats: Last Poems.* London: The Macmillan Press, Ltd., 1968.

Stephen, Martin. *English Literature: A Student Guide.* London: Pearson Education Limited, 2000.

이미지즘을 통한 예이츠 시 읽기

—

1. 들어가는 말

예이츠W. B. Yeats만큼 문학적 특징을 규정하기가 난해한 시인도 흔하지 않을 것이다. 대부분의 시인들은 어느 특정 유파에 소속되어 거기에 부합하게 평가되는 것이 일반적인 특징인데 예이츠는 다양한 문학적 특성을 지니고 있어 그 문학적 유파를 규정하기에는 어려움이 있다. 그는 다재다능한 시인으로 분류되며 극작품도 있지만 오히려 시 세계에서 있어서 많은 호평과 찬사를 받고 있다. 그가 사랑 받고 있는 이유에 대해서는 여러 가지가 있지만 특히 시에 나타난 아름다운 선율과 표현이 그 요인 중 하나가 될 것이다.

본 연구에서는 예이츠를 이미지스트의 시학이라는 관점에서 그의 작품을 살펴보는 것이다. 그동안 예이츠의 이미지, 특히 시에 사용된 이미지의 역할이나 특성에 대해서는 다소 논의가 되어 왔다. 그 대표적인 연구로는 해외의 경우 팔리Jack Foley의 「예이츠의 시적 기술」"Yeats's Poetic Art"이 있고 국내에서는 박선애의 「예이츠 초기시의 자연이미지」와 유병구의 「예이츠 시에 나타난 색채이미지: 적색과 붉은 피를 중심으로」가 있다. 그러나 예이츠의 이미저리의 정의와 복잡한 이미지에 대한 이론 연구를 판도라의 상자Pandora's box를 여는 것에 비유하는 것처럼(Bornstein 57) 이미지에 대한 연구역시 결코 수월하지는 않은 작업이라 생각된다. 그래서 본 글은 전체적 이미지스트들의 공통적인 정의를 통하여 예이츠와 그의 시를 간략하게 고찰해 보는 것이다.

2. 이미지즘과 예이츠

사실 이미지스트 그룹에는 파운드Ezra Pound와 흄T. E. Hulm을 선두로 두리틀Hilda Doolittle, 플레쳐John Fletcher, 알딩턴Richard Aldington, 몬로Harriet Monroe, 로웰Amy Lowell 등이 있다(Cuddon 415). 특히 딕고리Diggory는 예이츠는 파운드와 접촉함으로써 미국의 젊은 모더니스트들에게조차도 대가로 자리매김하였다(Levine 174)고 주장한다. 이 주장을 통해 비록 예이츠는 아일랜드 작가이지만 미국 모더니스트들에게 매우 많은 영향을 주었음을 알 수 있다. 우선 간략하게 이미지즘에 대해서 살펴보면 다음과 같다.

> [이미지즘이란] 영국에서 1909년과 1917년 사이에 번창한 시 학파이며 종종 조지안 시인들과는 반대되는 것으로 생각되었다. 이미지스트들은 시란 평범한 언어를 사용해야 하며 기교에 있어서는 혁신적이며, 모든 주제를 다루는 데 자유로워야 하며, 작가 자신의 목소리가 시에 침투되

는 것을 허락하는 것보다는 견고하고, 정밀하며, 명백한 이미저리로 창작해야 한다고 믿었다.

[Imagism is] a school of poetry that flourished between 1909 and 1917 in England, and often thought of as being in opposition to the Georgian poets. Imagists believed that poetry should use ordinary language, be innovative as regards technique, be free to deal with any subject, and work through hard, precise, clear imagery rather than through allowing the author's own voice to intrude into the poem. (Stephen 78-79)

놀라운 것은 예이츠는 자신이 최후의 낭만주의자라고 했던 것처럼 한 시대의 종말을 고하고 새로운 시학을 출발시킨 시인이라고 할 수 있다. 단적으로 예이츠는 위와 같은 이미지즘의 특성을 모두 충족시킨 시인이라고 할 수 있다. 그의 시 속에 나타난 다양한 기교와 주제 및 작품에서 보이고 있는 특징이 모두 앞선 시대 시인들의 양상과는 차이가 있음을 알 수 있다. 그가 사용한 언어나 주제, 이미저리 등이 모두 위에 정의된 이미지즘의 성격과 정확하게 부합하고 있다는 사실을 알 수 있다. 그러므로 예이츠는 분명 이미지스트 시인임에 틀림없으며 또한 20세기 시형성의 이정표를 세워 놓은 시인 중에 하나라고 할 수 있을 것이다. 또한 이미지스트들은 표현방법에 대해서는 다음과 같은 주장을 한다.

그들의 목적은 . . . 정확한 언어만을 사용하는 것이며, "표현에 기여하지 않는 어휘는 절대로 사용하지 않는 것"이며, "메트로놈의 순서가 아니라 음악적 표현에 순서로" 새로운 리듬을 창조하는 것이며, 주제에 있어서는 완벽한 자유를 허락하는 것이며, 구체적이며, 윤곽이 선명하고, 날카롭게 묘사된 이미지를 창조하는 것이다.

> Their(Imagists) objectives were . . . to use only the exact word and "absolutely no word that does not contribute to the presentation"; to create new rhythms "in the sequence of the musical phrase, not in the sequence of a metronome"; to allow complete freedom of subject matter; to create concrete, hard-edged, sharply delineated images. (Morner 107)

앞서 정의한 이미지즘이라는 문학적 유파와 유사하게 이들 이미지스트들의 목적 또한 표현의 정확성, 묘사의 절제, 음악성, 자유로운 주제 선택과 그 다양성, 구체적 이미지와 그 이미지의 정확성 등을 요구한다. 이러한 그들의 요구 또한 예이츠는 모두 실천에 옮기고 있는 시인이다. 우선 예이츠 시만의 특성을 다음과 같이 요약할 수 있다.

> 예이츠의 시는 그것이 19세기를 통해서 내려왔기 때문에 영국 낭만주의 전통에 속한다. 그러나 그것은 앵글로 아일랜드 어조에 근거를 두고 아일랜드 주제와 그 리듬이 있는 영국 낭만주의 시와는 다르다.

> Yeats's poetry belongs to the English romantic tradition as it came down through the nineteenth century. But it differs from English romantic poetry in its Irish subject-matter and its rhythms, based on Anglo-Irish speech. (Robson 51)

흔히 예이츠는 영국 낭만주의에 그 근원이 있다고도 하지만 그는 자신의 조국인 아일랜드라는 주제와 어조에 그 근거를 두고 있기 때문에 영국 낭만주의와는 차원이 다른 시인이라고 할 수 있다. 설령 예이츠가 영국 낭만주의 시에 포함된다는 평가도 있지만 특히 주제와 관련해서는 사적인 것에서 국가의 정체성에 이르기까지 다양하다. 앞서 언급한 바와 같이 이미지스트들의 주장 중에 하나가 바로 평범한 언어 표현이라고 할 수 있는데 예이츠의 경우 그 하나의 예를 다음에서 볼 수 있다.

> 신경이 곤두선 여성들은 말하지.
> 정말 역겹다니까요, 팔레트도, 깽깽이도,
> 언제나 즐겁기만 한 시인들도 말이어요.

> I have heard that hysterical women say
> They are sick of the palette and fiddle-bow,
> Of poets that are always gay. (*VP* 565)

위와 같이 예이츠는 평범함 또는 지극히 일상적인 언어 표현에 의존한다. 즉 인위적 아름다움을 추구하여 독자로 하여금 강제로 시선을 끌어들이려 하지 않고 자연스런 어휘선택과 절제된 표현방식으로 많은 독자들이 쉽게 감상할 수 있는 특징을 보여주고 있으며 이러한 시 창작 방법이 바로 전 세계인들이 예이츠와 그의 시를 사랑하게 만드는 요인이 될 것이다. 후배 시인 오든W. H. Auden은 「로버트 그래고리 소령을 추모하며」 "In Memory of Major Robert Gregory"에 대해서 영시 역사에 새롭고 중요한 것, 즉 회화체 스타일로 실용적인 현대적 형식을 제시했다(Daniel 36)고 평가한다. 즉 회화체 스타일로 생명력 있고 현대적인 시를 예이츠가 창안했고 그것을 실제로 시 형식에 도입했다는 것에 그의 의의가 있다고 하겠다.

한편 예이츠가 사용한 시적 기교에 있어서는 많은 평가들이 출현하고 있다. 그가 사용한 시적 기교역시 주제만큼이나 너무도 다양하기 때문에 어느 한 가지로 요약한다는 것은 불가능하다. 그는 이전 시대의 시적 기교에서 탈피하여 자신만의 시적 기교를 창출해 낸 시인이라고 할 수 있다. 그 한 예로 초기 시에서 보이는 탁월한 시적 기교를 살펴볼 수 있다.

> 나 일어나 이제가리, 이니스프리로 가리.
> 거기 욋가지 엮어 진흙 바른 작은 오두막을 짓고
> 아홉이랑 콩밭과 꿀 벌통 하나
> 벌 윙윙 대는 숲 속에 나 혼자 살으리.

> I will arise and go now, for always night and day
> I hear lake water lapping with low sounds by the shore;
> While I stand on the roadway, or on the pavements grey,
> I hear it in the deep heart's core. (*VP* 117)

바로 시인 자신의 정서에 의존하지 않고－자칫 시인의 정서에 의존하기 쉬운 주제이거나 상황임에도 불구하고－표현에 꼭 들어맞은 시어들을 인위적인 배열이 아닌 자연스런 배열방법에 예이츠는 의존하고 있다. 바로 여기서 그 이미지의 정확성과 배열의 치밀성을 엿볼 수 있는데 앞서 이야기한 바와 같이 평이한 언어 표현에 의존하고는 있지만 시적 세련미를 최대한 보여주고 있는 작품 중에 하나라고 할 수 있다. 자연스런 표현기법 즉 지나친 과장이나 역설에 의한 강조용법에 의존하지 않은 한편의 미성으로 짜인 동요처럼 전개되고 있다. 이와 같은 자연스런 표현 방법에 대해서는 예이츠의 주장을 들어보면 그 의중을 짐작할 수 있다.

> 마치 친한 친구에게 쓴 편지처럼 우리는 우리가 생각한 언어로 가능한 밀접하게 우리의 생각들을 다 써야 한다. 우리는 어떤 방식으로든 그것들을 가장해서는 안 된다. 왜냐하면 우리의 삶은 극 속에서의 인물들의 생활이 그들의 말에 힘을 주는 것처럼 그들에게 힘을 주기 때문이다.

> We should write out our own thoughts in as nearly as possible the language we thought them in, as though in a letter to an intimate friend. We should not disguise them in any way; for our lives give them force as the lives of people in plays give force to their words. (Parkinson 재인용 46)

단적으로 '사고'에 대한 솔직한 표현을 예이츠가 강조하고 있는 것이라 할 수 있다. 다만 표현에 필요 없는 것은 가급적 삼가하고 느끼는바 또는 생각하는 바를 허위나 가식 없이 그대로 표현할 것을 예이츠가 주장하고 있다. 이것은 바로 "전형적인 이미지스트의 시는 가능한 정확하고 밀도 있게 묘사한다"(Abrams 83)는 진단처럼 예이츠는 주변 사물을 관찰한 후 앞서 살펴 본 바와 같이 매우 정확하고 아름답게 표현하고 있다. 흥미롭게도 오든은 예이츠의 창작법을 다음과 같이 평가한다.

> 반면에 예이츠는 표현의 아이디어의 진실성이나 표현이 나타내는 정서의 정직성보다는 표현이 효과적으로 나타나는지에 항상 더 관심을 보였다.

Yeats, on the other hand, was always more concerned with whether or not a phrase sounded effective, than with the truth of its idea or the honesty of its emotion. (Stallworthy 48)

여기서 예이츠의 특성을 어느 정도 명확하게 평가할 수 있다. 예이츠는 시의 효과를 최대한 살리려고 노력했던 시인이라는 사실을 알 수 있다. 바로 표현법 자체에 예이츠가 얼마나 관심을 가졌는지를 알 수 있는 대목이다. 예이츠는 종종 화가 시인으로 분류되기도 하는데 이를 통해 시 창작에 그만큼 신중하고 정확성을 기하려고 노력한 시인이라는 사실을 알 수 있다. 위의 주장을 통해 외형적 시적 효과를 치밀하게 생각한 예이츠의 면모를 읽을 수 있는데 예이츠의 이와 같은 이미저리의 특성에 대해서는 다음과 같은 적절한 분석이 있다.

그러나 예이츠에게는, 시의 한 부분(연) 외에는, 그런 시는 거의 없다. 즉, 그의 시의 자연 이미저리는 그의 시의 전체에 종속적이다. 그의 시를 생생하고, 밀도 있거나 그리고 정열적으로 만드는 것은 물론 자연 이미저리의 적절한 사용 때문이다.

But in Yeats there is hardly any poem, except[a] stanza[s]that form[s] part of it: that is, the nature imagery in a poem of his is subservient to the whole structure of the poem. It is of course a superb use of nature imagery, that makes a poem of his vivid, dense, or/ and passionate. (Young Suck Rhee 66)

바로 예이츠가 사용한 이미저리가 시적 생동감을 고양시키는 데 큰 역할을 담당하고 있다고 볼 수 있다. 그러나 중요한 것은 개별적 이미지가 전체의 구조에 각각 영향을 끼친다는 논리이다. 즉 유기적으로 개별적 이미지가 전체구조에 연결되어 있다는 것이다. 환언하면 부분과 전체와의 유기적 연결 관계의 형성이라고 할 수 있다. 물론 자연 이미저리의 중요함은 물론이거니와 그 사실적 이미지의 역할이 전체에 크나큰 도움을 주며 그것이 서로 긴밀하게 연결되어 있다는 것이다. 파운드Ezra Pound 역시 예이츠는 그 자신보다 앞선 많은 훌륭한 시인들만큼이나 다양한 이미지를 사용했다(Cowell 8)[37]고 판단하는데 이 판단에 의해 예이츠가 사용한 이미지의 다양성을 알 수 있다.

한편 주제와 관련해서도 예이츠는 다양한 갈래로 나누어진다. 그가 창작한 작품은 대략 400편에 이르며 이들이 어느 하나의 공통된 주제로 일관하지 않고 다양하게-자연, 초자연, 사랑, 국가주의, 아일랜드에 이르기까지-분류된다. 특히 "아일랜드는 예이츠의 영향을 설명하지 않고서는 아일랜드의 부활과 아일랜드 문학의 전성기 또는 아일랜드라는 국가의 출현을 토론하는 것이 불가능하다"(Harris 309)고 할 정도로 예이츠는 아일랜드에 심오한 영향을 끼쳤음을 알 수 있다. 특히 사랑을 주제로 다음과 같이 아름답게 묘사한 부분을 볼 수 있다.

---

37) 파운드는 아이디어보다는 이미지에 뿌리가 박힌 시를 옹호했으며, 그는 이런 종류의 시를 예이츠와 엘리엇(Eliot), 그리고 윌리엄즈(Wiliiams)에게 추천했는데 이들 모두가 다양하게 파운드의 충고에 영향을 받았다고 한다. 예이츠는 파운드의 충고를 듣고 그의 작품 속에 나타난 추상적 표현을 매우 인식하게 되었으며, 엘리엇은 그의 『황무지』(*The Waste Land*) 원고를 파운드에게 주어 절반으로 축소시켰으며, 윌리엄즈는 그의 『패터슨』(*Paterson*)에서 여전히 파운드의 초기 충고를 되뇌고 있다고 한다(Callow 78).

오 서둘러갑시다 나무들 사이 개울가로
우아하게 걷는 숫 사슴과 그 짝이
서로의 모습만을 보았을 때 한숨 쉬는 곳으로,
그대와 나 이외엔 아무도 사랑하지 않았으리니!

O hurry where by water among the trees
The delicate-stepping stag and his lady sigh,
When they have but looked upon their images—
Would none had ever loved but you and I! (*VP* 210)

바로 이 작품도 회화체의 특성은 물론 자연적 이미지가 탁월하게 묘사되어 있다. 모드 곤Maud Gonne에 대한 사랑을 위와 같이 탁월한 비유법과 표현법을 사용한 것이 눈에 띈다.

또 한편 자연물인 백조를 대상으로 아름답게 묘사한 작품도 있다.

최초로 수를 헤아린 이후로
열아홉 번의 가을이 나에게 닥쳐왔다.
내가 셈을 끝내기도 전에
날게 소리치며 갑자기 날아올라
단절된 큰 원을 그리다가
흩어진다.

The nineteenth Autumn has come upon me
Since I first made my count;
I saw, before I had well finished,
All suddenly mount

> And scatter, wheeling, in great broken rings
> Upon their clamorous wings. (*VP* 322)

여기서 시적 화자는 백조라는 생물체를 보고 현재 작가자신－예이츠－의 상황과 정확하게 대조시키고 있다. 시인 예이츠의 상상력과 관찰력을 살펴볼 수 있음은 물론 그 배열방법의 정확성과 세밀함을 엿볼 수 있다. 우리는 백조와 시인 자신과의 거리감 또는 대조감을 느낄 수 있지만 그 표현 방법에는 매우 훌륭한 비유와 어조로 일관하고 있다. 시인의 극화된 "나"는 여전히 현재로 존재하지만 백조는 신비적 연속성으로 비상하고 있는 모습으로 그려지며(Weitzel 28) 이 시에서 "예이츠는 자신을 포함해 모든 것이 19년 동안 변했지만 백조들은 피곤치 않고, 그들의 심장은 늙지 않음을 표현한다"(Foley 7)고 하여 놀라운 예이츠만의 창작 방식을 엿볼 수 있다. 이와 같은 창작 방식은 결국 예이츠의 상상력에서 출현했다고 볼 수 있는데 바로 예이츠의 상상력을 다음과 같이 평가할 수 있다.

> 그는 어떤 철학적 개념이나 신념의 깊은 실현에 의해서가 아니라 무수히 많은 의식적 상상력의 분위기에 의해 지배 받는 시인이다.

> He(Yeats) is a poet governed by innumerable moods of the conscious imagination, not by any deep realization of some philosophic conception or faith. (Davison 331)

바로 위에서 보는 것처럼 단순히 자연물에 대한 묘사에 그치는 것이 아니라 예이츠는 그 자연물을 사용하여 자신의 상황과 비교하고 있다. 바로 예이츠가 살펴본 자연물이 상상력에 의해서 훌륭한 이미지로 재탄생

한다는 것이다.

예이츠는 또한 시 창작과정에서 구조적인 측면도 관심을 주었다고 볼 수 있는데 예이츠가 사용하고 있는 시적 형식과 구조에 대해서 다음과 같이 진단할 수 있다.

> 그러나 동시에 형식과 작품 그 자체의 구조는 내용의 수준에서 보면 그런 생각과 분리될 수 없다. 조화, 운율 그리고 훌륭한 예술의 형식이 아름다운 동시에 또 다른 미의 심상에 인상을 주는 수단이다. 그것은 소위 일종의 그 자체의 수사학을 소유하고 있다.
>
> But at the same time, the form and construction of the work itself cannot be separated from such ideas at the level of content: the order, measure, and formality of good art, is both beautiful and at the same time another means of impressing the idea of beauty. It possesses, so to speak, a kind of rhetoric of its own. (Larrissy 35)

위에서 래리씨Larrissy는 예이츠만의 특성을 종합적으로 분석해 내고 있다. 예이츠 작품의 우수성은 작품의 형식과 구조는 내용에 나타난 심상과 불가분의 관계에 있다는 것이다. 이는 예이츠가 의식적으로 내용과 이미지의 연결 관계를 염두에 두었다고 할 수 있다. 앞서 이미지스트들의 임무가 불필요한 것에 대한 표현을 자제하고 구조적으로 밀접한 작품을 창작하는 것과 유사하다. 이를 통하여 예이츠의 치밀한 시 창작의 계획을 인식할 수 있으며 그가 사용한 조화와 운율 역시 미성으로 일관하고 있는데 그 미성은 독자에게 감흥을 주는 또 하나의 필수적 요소가 될 수 있다. 종합해 보면 예이츠는 주제는 물론 그 주제를 나타내는 부수적 기법 쉽게 말해 다양한 수사학적 방법들을 적절하게 배합 또는 배치시켰다고 판단할 수 있다.

이어서 파운드가 이미지즘에서 내 세우고 있는 필수 항목들을 간략하게 살펴보는 것도 의미가 있을 것이다. 파운드는 이미지스트들이 삼가야 것들을 다음과 같이 이야기한다.

> 무언가를 드러내지 못하는 불필요한 어휘와 형용사를 사용하지 말라. 추상을 두려워하며 나아가라. 이미 좋은 산문에서 행해진 것을 평범한 운문으로 옮기지 말라. 시의 기술이 음악의 기술보다 좀 더 단순하다거나 평범한 피아노 선생님이 음악의 기술에 소비하는 만큼 적어도 운문의 기술에 소비하기 전에는 당신이 전문가를 즐겁게 할 수 있다고는 상상하지 말라.
>
> Use no superfluous word and no adjective which does not reveal something. Go in fear of abstractions. Don't retail in mediocre verse what has already been done in good prose. Don't imagine that the art of poetry is any simpler than the art of music or that you can please the expert before you have spent at least as much effort on the art of verse as the average piano teacher spends on the art of music. (Eliot 175)

위의 주장을 통해 파운드 역시 표현법에 적지 않게 관심을 보였음을 알 수 있다. 즉 작품의 완성도를 높이기 위한 방법으로 매우 세밀한 것조차도 작가가 작품 창작시 주의할 것을 주장한다. 추상적인 것 바꾸어 말하면 예이츠 역시 작품을 간결하고 명확한 이미지를 사용하듯 정확하게 이미지로 전달할 수 없는 것을 작품 속에 표현하는 것은 삼가야하며 그리고 산문에 어울릴 것과 운문에 어울리는 것은 별개라는 사실 또한 알 수 있다. 환언하면 시에는 시에만 어울릴 수 있는 표현, 즉 간결하고 정확한 표현의 사용을 권고하는 것으로 볼 수 있다. 그러나 중요한 것은 시 창작 기술이 단순히 쉽게 이루어질 수는 없다는 점이다. 이는 시인의 작품 창작과정에서의 노력을 파운드가 요구하는 것으로서 즉흥적 시 창작의 방법을 자제하거나 삼가라는 의미로 받아들일 수 있다. 여기서 출현한 것이 바로 상징이나, 적절한 이미지 등 수사학적 방법이라고 할 수 있는데 이 또한 예이츠가 자신의 작품을 창작하는 과정에서 최대한 관심을 두었던 항목이라고 할 수 있다.

지금까지 간략하게 살펴본 것처럼 이미지스트들은 다양한 특성을 지니고 있다. 그러나 예이츠는 비교적 다양한 이미지스트들의 창작 방식이나 특성에 잘 부합하는 시인이라고 볼 수 있다.

3. 나오는 말

예이츠는 다재다능한 시인이며, 그에 대한 간단명료한 평가는 매우 어렵다. 중요한 사실은 파운드의 주장처럼 상징주의자, 낭만주의자, 신비사상가일지라도 그는 이와 같은 것을 예술로 전환시킬 수 있는 집중력을 소유했다는 점이다. 그 하나가 바로 그가 사용한 이미지들의 성격이나 특징으로 나타나고 있다.

본 글에서는 예이츠의 이미지스트적인 면모를 중심으로 살펴보았다. 이미지스트를 한 마디로 단정하기는 어렵지만 몇 가지 공통적인 특징들로 분류될 수는 있다. 우선 간결하고 정확한 이미지의 사용, 추상적 표현

피하기, 주제 선택의 자유로움, 혁신적인 기교, 객관적 표현, 정확한 표현법등을 꼽을 수 있다. 흥미롭게도 예이츠는 이와 같은 구체적인 이미지스트의 면모들을 모두 만족시키는 시인 중에 하나라고 볼 수 있다.

* 이 글은 한국예이츠학회의 학술지 『한국예이츠저널』(제47권, 2015년) pp.247-260에 게재된 것을 일부 수정했음을 밝힌다.

인용문헌

Abrams, M. H. *A Glossary of Literary Terms*. 5th ed. New York: Holt, Rinehart and Winston, Inc., 1988.

Bornstein, George. *Transformations of Romanticism in Yeats, Eliot, and Stevens*. Chicago: The U of Chicago P, 1976.

Callow, James T. and Robert T. Reilly. *Guide to American Literature: From Emily Dickson to the Present*. New York: Barnes & Noble Books, 1977.

Cowell, Raymond. ed. *Critics on Yeats*. London: George Allen & Unwin, 1971.

Cuddon, J. A. ed. *A Dictionary of Literary Terms and Literary Theory*. Massachusetts: Blackwell Publishers Ltd., 1998.

Daniel, Anne Margaret. "The Prophets: Auden on Yeats and Eliot." *Yeats Eliot Review*. 16.3(2000): 31-44

Davison, Edward. "Three Irish Poets-A. E., W. B. Yeats, and James Stephens." *The English Journal* 15.5(1926): 327-336.

Eliot, T. S. *To Criticize the Critic and Other Writings*. Lincoln: The U of Nebraska P, 1991.

Foley, Jack. "Yeats's Poetic Art." *Yeats Eliot Review* 18.4(2002): 2-13.

Harris, S. C. "Rob Doggett, Deep-Rooted Things: Empire and Nation in the Poetry and Drama of William Butler Yeats." *Modern Philology* 107.2(2009): 308-310.

Larrissy, Edward. "Yeats's Eugenical and Psychical Aesthetics" *The Yeats Journal of Korea* 39(2012): 27-38.

Levine, Herbert J. "The Importance of Being Yeats." *The Virginia Quarterly Review* 60.1(1984): 174-176.

Morner, Kathleen and Ralph Rausch. *NTC's Dictionary of Literary Terms*. Illinois: National Textbook Company, 1994.

Parkinson, Thomas. *W. B. Yeats: Self-Critic and The Later Poetry*. London: The U of California Press, Ltd., 1971.

Park, Sun-Ae. "Natural Image in Yeats's Early Poetry." *The Yeats Journal of Korea* 30 (2008): 29-44.

[박선애. 「예이츠 초기시의 자연이미지」. 『한국예이츠저널』 30 (2008): 29-44.]
Robson, W. W. *Modern English Literature*. Oxford: Oxford UP, 1984.
Stallworthy, Jon. ed. *Yeats: Last Poems*. London: The Macmillan Press Ltd., 1980.
Weitzel, William. "Memory, Stillness, and the Temporal Imagination in Yeats's "The Wild Swans at Coole."" *Yeats Eliot Review* 16.4(2000): 20-30.
Weng, Jerry Chia-Je. "Reflections on Yeats's Late Style." *The Yeats Journal of Korea* 40(2013): 139-152.
Yoo, Byeong-Koo. "The Images Associated with Colors in Yeats's Poems: Red and Blood." *The Yeats Journal of Korea* 32(2009): 45-62.
[유병규. 「예이츠의 시에 나타난 색채이미지: 적색과 붉은 피를 중심으로」. 『한국예이츠저널』 32 (2009): 45-62.]
Young Suck, Rhee. "Nature in the Poetry of the East and the West: W. B. Yeats, Kim Sowol, and Kim Jonggil." *The Yeats Journal of Korea* 43(2014): 61-76.

이철희
한양대 영문학 박사
동양대학교 강의전담초빙교수(2012–2013)
현재, 상지대학교 영미어문학부 조교수

한국 T. S. 엘리엇학회 및 W. B. 예이츠학회 재무이사(2009–2011)
한국 T. S. 엘리엇학회 및 W. B. 예이츠학회 논문심사위원(2011–현재)
한국 T. S. 엘리엇학회 책임연구이사(2013–2015)
한국중앙영어영문학회 및 한국영미어문학회 편집위원(2013–2015)
W. B. 예이츠학회 감사(2014–2016)
한국 T. S. 엘리엇학회 연구부회장(2015–2017)
우수 신진학자상 수상(한국 T. S. 엘리엇학회, 2013)

논문 「T. S. 엘리엇의 객관적 상관물 연구」(석사)
「T. S. 엘리엇의 『황무지』 연구: 주제 및 기법에 대한 재조명」(박사)
"Modern Man and Reality in the Poetry of Yeats and Eliot"(*The Journal of Korea*, 2014)
「의식/무의식을 사용한 엘리엇의 시 읽기」(한국 T. S. 엘리엇학회, 2014) 외 한국연구재단등재학술지 논문 31편

저서 『T. S. 엘리엇의 『황무지』와 「황무지」 원본연구』(L. I. E. 영문학총서 제28권, 2012)
『엘리엇의 문학과의 대화』(L. I. E. 영문학총서 제30권, 2013)
『엘리엇 그리고 전통과 개성의 시학』(L. I. E. 영문학총서 제32권, 2014)

T. S. 엘리엇과 W. B. 예이츠의 걸작 읽기: 시적 이미저리와 사색의 궤적 따라가기

초판 1쇄 발행일 2015년 12월 25일
이철희 지음

발행인 이성모
발행처 도서출판 동인
주 소 서울시 종로구 혜화로3길 5 118호
등 록 제1-1599호
TEL (02) 765-7145 / FAX (02) 765-7165
E-mail dongin60@chol.com
ISBN 978-89-5506-685-2
정 가 18,000원